御庭番宰領7

大久保智弘

時代小説
二見時代小説文庫

目次

白《びゃく》魔《ま》伝《でん》——御庭番宰領7

一章　雪舞い

一

「風が泣いている」

　くたびれきった旅姿をした鵜飼《うかい》兵馬《ひょうま》は、漆黒《しっこく》塗りの深編笠を傾けて、宵闇の迫る冬空を見上げた。

「何を告げる声であろうか」

　季節は移っていた。

　兵馬が江戸を離れてから、すでに数ヶ月が過ぎていた。

　御庭番家筋の倉地文左衛門《くらちぶんざえもん》と、東海道を西へ向かったのは、まだ紅葉が色づきはじめる頃だったが、大坂堂島《どうじま》の蔵屋敷にしばらく逗留し、前年に撤廃された納宿《おさめやど》の実情を探っているあいだに、しばらく留守にしていた江戸の街は、暗鬱な冬の色に、覆われてしまったようだった。

風が冷たい。

薄墨を流したような空には、見えない風に煽《あお》られて、白いものが舞っている。

「久しぶりに見る江戸の雪か」

寒いはずだ、と兵馬は思う。

遠国《おんごく》御用から帰ったばかりの兵馬には、埃くさい旅装を解く暇《いとま》もなく、寒空に雪が舞ったからといって、冬の寒さを防ぐ手だてもない。

兵馬は思わず苦笑した。

これでは……、
とても雪舞いの風情《ふぜい》を楽しむ、というわけにはいかないな。

宵の口から舞いはじめた雪片が、ところどころに吹き溜まって、薄闇の底に沈んでいた路面が、見る見るうちに白くなってゆく。

大川端に出た。

烈しく吹く川風に煽られて、闇空に降りそそぐ雪は、狂ったように乱舞している。

「この橋を渡れば……」

なじみの街が広がっているはずだった。

そこには、かつてお袖《そで》が住み、小袖《こそで》がいて、いまも女侠客《きょうかく》のお艶《えん》が暮らしている、人いきれのする街だった。

大川端の両岸から、太鼓状にせり上がった両国橋の真ん中に立って、兵馬は広小路の先に広がる深川の街を眺望した。

「……………？」

江戸の街が変わるはずはない。

しかし、どこか肌合いの違う街になってしまった、という気がするのは何故だろうか。

隠密の御用旅で、兵馬が江戸を離れていたあいだに、この街の何が変わってしまったのだろうか。

昼は老若男女でごった返していた両国広小路も、暮れ六つの鐘を聞く頃から、にわかに人通りが絶えてしまった。

江戸一番のにぎわい、と言われた広小路の雑踏が、暮れ六つの鐘を合図に消え失せてしまうことなど、これまでにあっただろうか。

「しばらく見ぬまに、江戸の街は変わってしまったのか」

と思わざるを得ない。

天明《てんめい》六年の八月二十七日、長らく幕政を牛耳《ぎゅうじ》ってきた田沼意次《たぬまおきつぐ》が罷免された、と聞いたときには、浪人者の兵馬にも新政権への期待があった。

失脚した田沼意次に代わって、老中首座に就いたのは、奥州白河《しらかわ》藩主、松平越《まつだいらえっ》中守定信《ちゅうのかみさだのぶ》だった。

まんざら知らない仲の相手ではないだけに、思いがけない江戸の変わりように、

「これが越中守の新政か」

つい皮肉な口調になってしまう。

「さびしい」

江戸はこれほどさびしい街だったのか。

大川（隅田川）の流れは重く淀んでいる。

わずかに明るんでいた河面の照り返しも消えてしまった。

どこへ行こうか。

兵馬は懐手《ふところで》のまま、両国橋を渡って、川向こうの尾上町《おのえちょう》に出た。

回向院《えこういん》裏の色町も、いまは見る影もなくさびれて、入り組んだ路地裏にも女たちの嬌声は聞こえず、街娼をからかう酔客たちの姿もない。

「なぜこのような、さびしい街になってしまったのか」

薄墨色の空に白い雪が舞っている。

降り止む兆《きざ》しはさらにない。

雪は舞い、雪は躍《おど》る。

風が荒い。

吹きすさぶ白い闇。

「ねえ、ねえ。お待ちよ」

どこからか呼びかけてくる女の声もうそ寒い。

幻聴か。

街娼のはずはない。

人通りの絶えたさびしい街角に、たとえ夜更けまで立っていても、この寒空に女を買おう、などという酔狂な遊び人はあるまい。

風が鳴く声かもしれない、と兵馬は思う。

「ねえ、ねえ」

また聞こえてくる。

風の唸《うな》りか。

「ねえったら。ちょっと遊んでいきなさいよ」

やはり女の声だ。

おそらく食い詰めた夜鷹《よたか》か、法度《はっと》破りのはぐれ女郎だろう。

それとも島送り覚悟の客引き女か。

いずれにしても、町方《まちかた》に知られたら、ただではすむまい。

色町の女たちも、生きるのに必死なのだな、と思いながら、兵馬は風の鳴く声に背を向けて、無言のまま歩《ほ》を運んだ。

雪が舞う。

びゅうびゅうと鳴く、風の冷たさが肌に痛い。

白い雪舞いに黒い影が映る。

闇空に迷い出た蝙蝠《こうもり》が、暗い軒をかすめるように、低く飛んでいるのだ。

たちまち濃い闇が迫ってくる。

暗い。

闇を照らす街の燈火も乏しくなったのだ。

二

また生き延びてしまった、という思いが兵馬には強い。

不満があるわけではない。

御庭番宰領《さいりょう》は影の仕事、と思っている。

人に知られることのない隠密旅に、栄光や誉《ほま》れなどあるわけはない。

遠国御用に出た兵馬を待っているのは、人に知られぬのたれ死にか、闇の中での斬り死にか。

いずれにしても、無縁仏《むえんぼとけ》として葬られる身、と思っている。

上方《かみがた》へ向かう旅の空で、剣を抜くようなことがなかったのは、めっけものと言うべきだろう。

無事に帰還？

とんでもない。

隠密御用を果たして、江戸に帰っては来たものの、晴れがましい思いなどあるはずがなかった。

人知れず出て行った江戸の街に、人知れず戻ってきただけのことではないか。

忸怩《じくじ》たる思いがないわけではない。

こうして戻ってきた江戸の街に、

昨日と今日を繋《つな》いでいた日々の絆《きずな》が見つからないのだ。

見慣れているはずの江戸の街が、なぜか違ったものに思われてならない。

隠密御用の長旅が、知らぬまに兵馬を変えてしまったのか。

それほど苛酷な旅だったのか。

そうではない。

大坂蔵屋敷を探《さぐ》った隠密御用は、さして難しいものではなかった。

御庭番宰領の兵馬からみれば、むしろ暇を持てあましていたと言ってよい。

幕府隠密の手先は、網の目のように諸国に手配されている。

大坂の堂島では、上方の納宿に顔の利く、河辺三郎兵衛《かわべさぶろべえ》という居着きの手先が、すべてを取り仕切ってくれたので、兵馬は蔵屋敷で調べ物をする倉地に付き添い、こわもての用心棒として、周囲に眼を光らせているだけでよかった。

それだけのことだ。

ありていに言えば、大坂での隠密御用は、退屈と言えば退屈、取り立てて言うほどのことは何もなかった。

しかし、将軍の隠密として、ひとたび遠国御用に出たからには、生死の端境《はざかい》に身を置くことには変わりはない。

油断も隙もない危険な敵は、必ずしも外の者とはかぎらない。

今回の東海道中には、大名や幕閣までが恐れるという、妖艶な隠し目付の眼が光っていたではないか。

隠密の生殺与奪《せいさつよだつ》は、あの女に握られていたと言ってよい。

なにごともなく大坂にゆき、なにごともなく江戸に帰ることができたのは、僥倖《ぎょうこう》であったと言うべきかもしれない。

ともあれ、と兵馬は気を取り直した。

今夜の宿を探さなければならない。

兵馬の足は、おのずから住み慣れた川向こうを指している。

しかし、
かつて小袖と棲んでいた蛤《はまぐり》町の裏店《うらだな》は、とうの昔に引き払ってしまった。

そうかと言って、
お艶の厄介になるわけにもゆかぬ、と兵馬は思う。

始末屋お艶の義侠心に甘えて、女の好意を踏みにじるようなことをした、という、後ろめたい思いが兵馬にはある。

雪は舞う。

闇は深い。

川風に舞う白い雪が、兵馬の肩にも降り積もっている。

三

「ねえ、ねえ、旦那」

女の声がすぐ近くまで迫ってきた。

「ちょっと遊んでいきなさいよ」

武家姿をした兵馬を上客とみて、しつこく後をつけてきたらしい。

絞り染めの手拭いを咥《くわ》えた若い女が、闇の中に白く浮かぶ雪舞いの中を、音もなく滑るように近づいてくる。

おぼろげな闇に浮かんだ白首は、雪よりも白く思われた。

「こんばんわ」

女はわざとらしく笑ってみせた。

「雪が舞いはじめたわ」

兵馬が黙っていると、女は薄く笑いながら露骨に誘った。

「こんな寒い夜には、おたがいに肌をあたため合うのが一番よ」

女の誘いがどこか投げやりな気がして、

「おまえの肌では暖まるまい」

煩《わずら》わしそうに兵馬は言った。

「そんなことないわよ。はばかりながら、あたしは『火の玉お蓮《れん》』と呼ばれている、ちっとは知られた女なのさ。あたしを買ったお客さんから、おまえと寝るとあそこが火傷《やけど》しそうだ、なんて言われているんですよ」

女はすばやく身を寄せてきた。

「冷たい手だ。身も心も冷えきっているものとみえる」

兵馬に抱きついてきた女の肌は、氷結した雪のように冷えきっている。

「そりゃそうさ。今夜はあぶれているからね。殿御とすごす床《とこ》の中でなけりゃ、女の身体は燃えようがないじゃないか」

女はしなだれかかるようにして、深編笠に隠された兵馬の顔を覗き込んだ。

そのとたんに、

「あっ、旦那は……」

女は驚いたように飛び退《の》いた。

「入江町《いりえちょう》の先生じゃ、ありませんか」

言われて兵馬は、手拭いで隠されている女の顔を覗き込んだ。

どこかで見たことのあるような女だった。

入江町の始末屋お艶が、甲州屋路地で世話をしていた女郎だろう。

「このようなところで、何をしておるのだ」

兵馬は咎《とが》めるともなく訊いた。

「わかっているじゃ、ありませんか。お客を拾っているんです。近頃はお上のお達しが厳しくなって、あたしたち、食べていけなくなったんですよ」

憤然とした口調で言ったが、すぐに脅えた声になって、

「旦那、お願いだから、このこと、お艶姐さんには、内緒にしておいてくださいよ。隠れてこんなことをしていると知れたら、姐さんにひどく叱られますから」

女は共犯者のような笑みを浮かべて、兵馬に身をすり寄せてきた。

色気で迫っているつもりなのだろうか。

凍《こご》えきった女の肌は、舞いかかる雪で湿っている。

「わかった、わかった」

辟易《へきえき》したように兵馬は言った。

四

天明九年は正月の二十五日で終わり、新たに寛政《かんせい》と改元された昨年の五月、幕府は町人および遊里、芝居に対する奢侈《しゃし》禁止令を出している。

よそ行きの衣裳はもちろんのこと、ふだん着に至るまで、微に入り細にわたって束縛する窮屈な禁令で、そのため江戸の風俗が一変した、と言われるほどだった。

さらに茶屋女、湯女《ゆな》などに対する禁令が出され、吉原遊廓以外での売淫は、厳しく取り締まられることになった。

お艶が始末屋をしている本所《ほんじょ》入江町、甲州屋路地にある私娼街も、容赦ない取り締まりを受けている。

そのため、路地裏で色を売っていた女たちは、商売替えを余儀なくされたが、淫売の他にはこれといった芸のない女たちを、雇ってくれるようなところはどこにもない。

お艶は女たちの転業に躍起となったが、私娼街がなくなれば、そもそも始末屋などという奇妙な商売もなり立たなくなる。

そうなれば、痛し痒しというところだが、女侠客として名を売ったお艶の顔で、甲州屋路地の女たちは、茶屋や料亭の下働きをするようになった。

しかし、そこからあぶれてしまった女たちは、たったひとつだけ身につけた『芸』を頼りに、どうにか食いつないでいかなければならない。

『火の玉お蓮』と名乗る女が、宵闇に隠れて客を引くようになったのは、兵馬が江戸を離れていた、ここ数ヶ月のことだという。

「あたしだって、好きでこんなことしているわけじゃないけど、あたしのような女は、男と寝るより他に、なんの『芸』もないからね」

女は蓮っ葉な口を利いた。

「これだって命懸けの商売なのさ」

客と寝ているところを捕まれば、たちの悪い役人どもから、秘所を焼かれるなどの拷問を受け、問答無用で吉原の羅生門河岸《らしようもんがし》に送られる。

「岡っ引のなぐさみものになって、ぼろぼろにされた女たちも知っているさ」

お蓮はいきなり慟哭《どうこく》した。

おふみちゃん、ななみちゃん、およしちゃん、おたけちゃん、と言いながら、指を折って数えだした。

聞くに堪えないような、恥ずかしい拷問を受けて、気が変になった女もいるらしい。

「それがみんな、あたしの仲よくしていた娘《こ》たちなのさ。情けないね」

兵馬は憮然として、

「そう思うなら、もうすこしましな働き口を、見つけたらどうかな」

がらにもないことを言ってみる。

心許《こころもと》ないのは女郎たちの暮らし向きばかりではない。

岡場所がなくなれば、始末屋も無用になる。

そうなれば、お艶はどうするのか、と余計なことまで心配になってくる。

「お言葉ですがね、そういう旦那だって、どこか働き口はないんですか。無用になった始末屋の用心棒など、さっさと廃業にして、もっとまともな商売でも捜した方が、いいんじゃないんですか」

女はすぐに泣きやむと、はぐれ夜鷹となった自分の境遇より、兵馬の暮らし向きを心配する口ぶりになった。

兵馬のことを、女郎街の用心棒の他には、何も取り柄のない、不器用な男と思っているのだろう。

「はっははは。『同業あい憐れむ』というところかな」

兵馬はわざとらしい声で笑った。

すると空疎な笑いが、意味もない笑いを呼んで、どうしたはずみか、兵馬は腹がよじれるほど笑いこけた。

「先生は呑気でいいね」

お蓮は恨めしそうな顔をして兵馬を睨んだ。

「そう見えるか」

すぐに兵馬はいつもの顔に戻った。

言われてみれば、これほどたわいなく笑ったことは、近頃なかったのではないか。

「いや、久しぶりに笑わせてもらった。何かお礼をしたいが」

兵馬はいつになく膨らんでいる懐を軽く押さえた。

隠密御用の手当に貰った金子《きんす》が、縞の財布にずっしりと重い。

「おや、意外に持っているんだね」

兵馬の手の動きを見て、お蓮はすぐに懐の中味がわかったらしい。

「通りすがりのスケベ野郎なら、橋の下にでも引きずり込んで、さっさと事を済ませうと思ったけど、どうやら旦那は、上客中の上客みたいだね。ねえ、はやく行こうよ。この先にいい宿を知っているからさ」

お蓮はにわかに上機嫌になって、柔らかな肌をぐいぐいと押し付けてくる。

兵馬はたじたじとなって、

「そうはゆかぬ。これでもわしは始末屋の用心棒なのだぞ。大切な商品に手を付けるほど困ってはおらぬ」

女はずるそうに笑った。

「でも、こんな寒い夜を、どこですごすの？」

それを悩んでいたところだ。

「さて、どうしたものか。このあたりには知り合いもなし」

お蓮は意味ありげに笑った。

「そうかしら？」

いることはいるが、と兵馬は迷っている。

あの女の好意を、踏みにじるようなことをして、いまだに義理を欠いたままだ。

お艶のところへは帰れない。

「そうなの？」

お蓮は床入りを誘うかのように、ぴったりと身を寄せてきた。

「だいじょうぶよ。今夜はあたしが、たっぷり暖めてあげるから。はばかりながら『火の玉お蓮』のもち肌は、火鉢を抱くよりも熱いのよ」

女はすっかりその気になっている。

くつろげた胸元から、安っぽい脂粉の香りが、匂ってきた。

兵馬はますます面くらって、

「おいおい。商売熱心にもほどがあるぞ。このあたりでは、始末屋お艶の眼を盗んで、はぐれ女郎を抱くことなどできぬのだ」

岡っ引の眼は誤魔化《ごまか》せても、始末屋お艶の眼は誤魔化せない。

それを聞くと、お蓮は大袈裟に身を震わせて、

「あまり脅かさないでくださいな。お艶姐さんに見離されたら、あたしたち、生きていけなくなるんだよ」

言いながら苦しげに咳き込んだ。

雪は舞う。

寒さはつのる。

夜の底は異界の果てのように白い。

路地裏の闇に沈んだはぐれ女郎は、雪舞いに追われる窮鳥《きゅうちょう》のように見えた。

五

「それで、あっしのところへ転がり込んできた、というわけですかい」

花川戸《はなかわど》の駒蔵《こまぞう》は、仏頂面《ぶっちょうづら》をふくらませた。

「そういうわけだ」

兵馬は濡れて重くなった深編笠を脱いだ。

笠に積もっていた雪が、黒光りする土間にどさりと落ちる。

「そいつは、お門《かど》違いというものだぜ」

駒蔵は苦虫《にがむし》を嚙みつぶしたような顔をして、雪まみれになっている兵馬と、しどけなく濡れそぼった、はぐれ女郎を見比べている。

「そう冷たいことを申すな」

兵馬は上がり框《かまち》に腰を下ろすと、泥と雪に汚れた草鞋《わらじ》を脱いだ。

「断っておきやすがね、あっしの家は、窮民の寄せ場じゃ、ありませんぜ」

駒蔵は吐き捨てるように言った。

「かまわぬ、かまわぬ。お蓮、こちらへ参れ。ここは拙者の定宿と思ってもらおう。いわば勝手知ったる他人の家だ。遠慮はいらぬぞ」

兵馬は女をうながして、

「この駒蔵親分は、ずいぶんと頼りになる男だ。しばらく面倒をみてもらうんだな」

呑気なことを言っている。

女は濡れた黒髪を掻き上げながら、もの珍しそうに、きょろきょろとあたりを見まわしている。

「へえぇ。案外いいところじゃない。こんなお宿を知ってるなんて、旦那は顔が広いんだねえ」

お蓮は夜鷹という商売柄なのか、獰猛《どうもう》そうな男を前にしても、もの怖《お》じすることはなかった。

「いい度胸だ」

さすがの駒蔵も、いささかあきれ果てて、それ以上は何も言えない。

兵馬も兵馬だが、女も女だ、図々しいにもほどがある。

駒蔵は肩をそびやかして、

「ここは飢えた狼どもの巣窟だぜ。この女がどんな目にあっても知らねえよ」

脅しをかけたつもりが、それも裏目に出たらしい。

「あら、頼もしいこと。お花代さえ払ってもらえたら、あたしの方では大歓迎さ。そうなりゃ、居ながらにして商売繁盛。むしろありがたいくらいですよ」

すれっからし女郎のお蓮は、真っ赤に紅を塗った唇の片端に、したたかな笑みを浮かべてうそぶいた。

「ふざけるな。ここは女郎屋じゃあねえんだ」

たまりかねた駒蔵は、いきなり恐ろしい声で一喝《いっかつ》した。

「おい、十手《じって》持ちを舐めるんじゃねえぞ。ここでいかがわしい商売でもしやがったら、すぐにしょっ引いて島送りだ」

「まあ。お上《かみ》の御用をなさっている旦那だったんですか」

雪の夜に行き暮れて、ようやく身を寄せたところが、獰猛そうな岡っ引の家と知って、女は気の毒なほど青くなった。

「お蓮、ここであの商売をするのは諦めるのだな」

兵馬は苦笑した。

「旦那、あたしを欺《だま》したんだね」

女は恨めしげに兵馬を睨むと、口惜しそうに唇を嚙んだ。

「しばらく世話になる」

兵馬はずかずかと座敷に上がり込んで、真っ赤に熾《おこ》っている大火鉢に手をかざした。

どうやらお蓮と一緒に、花川戸の駒蔵親分の家に居候《いそうろう》を決め込むつもりらしい。

「また無駄めし食いがふえるわけか。たまらねえぜ」

駒蔵は腹立たしげに毒づいた。

「近頃は、お上の仕事にも『うまみ』ってものがなくなったぜ。足の裏が磨り減るほど駆けずりまわっても、あっしらの苦労に見合うだけの手当は出ねえ。疲れて家に帰ってみれば、見たこともねえ居候がふえている。奴らを食わせるために、賭場《とば》を開いて荒稼ぎをしようにも、なんのかんのと御法度がうるせえ」

兵馬は揶揄《やゆ》するように、

「そのようなことを、言ってもいいのか。おぬしは、お上から十手をあずかっている身ではないか」

駒蔵は声を落として、

「なあに。ここだけの話ですがね」

酒臭い息を吐きながら、兵馬の耳元に囁いた。

「お上はあっしらに十手をあずけるだけで、これっぽちも食わせてはくれねえ。同心の旦那からもらう雀の涙のような手当じゃあ、子分どもを養うどころか、こちとらの暮らしを立てることも、できやしねえのよ。てめえに必要な銭は、てめえの才覚で、はつり出すしかねえ、という仕組みなのさ」

「なるほどな。金に汚い、と言われる駒蔵親分の悪評にも、無理からぬところがあるわけだ」

暮らしに窮している御庭番宰領と、似たようなものなのだな、と兵馬は腹の底でおかしく思う。

「おきやがれ」

いきなり怒鳴りだしたところをみれば、鬼だ蝮《まむし》だのと陰口を叩かれ、世間から忌み嫌われている目明しの駒蔵にも、やはり風評を気にしているところがあるらしい。

「あっしが賭場を開くのも、足りねえ経費を補う窮余の一策じゃあねえか。そこを黙認するのが、お上のお目こぼし、というもんだろうが。それなのによ、いまどきの御政道ときたら、いってえどうなってるんでえ」

花川戸の駒蔵は、憤懣やるかたない、という顔をして兵馬を睨んだ。

この男もやりくりに苦労しているのか、と兵馬は可笑《おか》しかった。

賭場を取り仕切っていた胴元の親分から、町奉行所の同心配下となって、十手持ちに鞍替えしたのは、駒蔵の言う『うまみ』をねらってのことだろう。

しかし、どこか野放図なところがあった天明期は、田沼意次の退陣と軌を一《いつ》にして終わり、年号が寛政と改元されてからは、御政道はこれまでになく厳しくなっている。溜間詰《たまりのまづめ》から、老中首座に任じられ、さらに将軍補佐となって、政権を掌握した松平越中守は、奢侈や遊興を取り締まる御法度を、矢継ぎ早に出している。

甘い汁を吸おうと思って、十手持ちになった駒蔵が、すっかりあてが外れて、不平を言うのも無理はない。

「そうか。近頃は駒蔵親分から、賭場の用心棒を頼まれなくなったのもそのせいか。お陰で拙者も、食い扶持を稼ぐのに困っている」

兵馬が冗談半分に嫌味を言うと、

「何を言ってやがる。先生はいきなり姿をくらまして、ゆくえ知れずになんなさる。いつだって、肝腎なときにゃあ、さっぱり役に立たねえお人だ」

駒蔵の愚痴は兵馬に向けられた。

「さて、そのようなことが、あったかなあ」

兵馬は空とぼけた。

「ある、どころじゃありませんぜ。たとえば、こういうことだ。おい、そこに間抜け面《づら》の五助《ごすけ》はいねえか」

駒蔵は薄暗い次の間に向かって声をかけた。

次の間と言っても、平土間に干し藁を敷き詰めた馬小屋みたいなところで、駒蔵親分の陋屋《へいおく》に転がり込んできた宿なしどもが、雑魚寝《ざこね》をしている大部屋だった。

「おらを呼んだかね」

人いきれのする暗闇の中から、のっそりと姿をあらわしたのは、兵馬がいくら捜しても、容易にゆくえが知れなかった、奥州無宿の五助だった。

六

あれから半年になろうか。

江戸遊学中の瀬田新之介《せたしんのすけ》を連れて、流れ者の五助を捜し歩いたことがある。

無宿人の五助は、奥州白河領から『地遁《じに》げ』してきた潰《つぶ》れ百姓だが、たまたま両国橋のたもとで、炊きだしをしていた女侠客のお艶に拾われ、しばらくは入江町の始末屋に草鞋を脱いでいた。

ところが、居候をしていた五助は、兵馬の留守中に行方不明になったまま、始末屋の若い衆がいくら捜しても、杳《よう》として消息が知れなかった。

どこか橋の下で行き倒れたか、無宿人狩りに遭って、石川島の人足置き場にでも送られたのか、いずれにしても、娑婆《しゃば》には縁のない奴、と思われていた。

五助捜しに同行した新之介は、兵馬が脱藩するとき離縁した妻、香織《かおり》の子で、藩政改革に苦慮している父親、瀬田新介《しんすけ》の手助けになればと、藩に願い出て江戸遊学を許された若者だった。

弓月《ゆづき》藩江戸屋敷の、侍長屋に住むようになった新之介は、江戸留守居役の市毛平太《いちげへいた》から、江戸を知りたいと思うなら、弓月藩の剣術指南役をしていた鵜飼兵馬を訪ねよ、と勧められたという。

それだけではなかった。

新之介は国元を離れるとき、江戸に出たら鵜飼兵馬を頼れ、と父親の瀬田新介からも念を押されていた。

母の香織は黙して語らないが、新之介の生まれ年を数えてみれば、ひょっとしたら兵馬の子ではないか、と思われる節がある。

人混みに賑わう両国広小路で、まだ幼顔《おさながお》が残る瀬田新之介と邂逅《かいこう》した兵馬は、複雑な思いを抱きながらも、わが子に接するような扱いをしていたのかもしれない。

元服をすませたばかりの新之介は、若者らしい向学心に燃えていたが、浪々の身となった兵馬からみれば、むしろその一途《いちず》さに、危惧がないわけではなかった。

新之介は『名君』にあこがれていた。

奥州・羽州・関東の全域を襲った『天明の大飢饉』に、奥州白河藩の領内から一人の餓死者も出さず、世に『名君』と謳《うた》われた松平越中守定信の施政を、新之介は弓月藩が取り組むべき藩政改革の手本、と思っているらしい。

弓月藩江戸屋敷の留守居役で、切れ者と評判の市毛平太が、藩の剣術指南役をしていた鵜飼兵馬を訪ねよ、と示唆したほどだから、十数年前に脱藩した兵馬の消息は、すでに旧藩の知るところとなっているに違いない。

いまどき時代錯誤の、尚武《しょうぶ》を尊んでいるような弓月藩には、脱藩者を容認するほど、度量の広い気風はない。

兵馬が江戸にいることを、知っていて、野放しにしているのは何故なのか。

わからないわけではない。

兵馬の剣は藩内随一、と言われてきた。

たとえ刺客を送っても、みすみす返り討ちに遭うだけだと、初めから諦めているからなのか。

これも人材乏しき小藩の哀しさだろう。

だが、それだけではあるまい。

藩では兵馬の使い道が、まだまだある、と見ているのだろう。

抜け目のない市毛平太のことだから、兵馬が松平越中守と懇意にしている、という出所不明の噂を、どこからか聞き伝えているに違いない。

脱藩した鵜飼兵馬を、それと知っていて泳がせているのは、弓月藩の重職たちが、あの男は老中首座と親交がある、と信じているからではないだろうか。

脱藩浪士を介してまで、幕府の実力者に近づきたい、という小藩の思惑が、笑止《しょうし》と言えば笑止、いじましいと言えば、みじめなほどにいじましい。

思い違いもはなはだしい、と兵馬は苦笑せざるを得なかった。

出処進退にうるさい越中守は、浪々の身にある脱藩者など、ただの殺し屋としか見てはおるまい。

老中と昵懇《じっこん》にしている、などという大仰《おおぎょう》な噂は、どこから出たものなのか。

兵馬は倉地文左衛門の依頼を受けて、白河藩邸に斬り込んだ赤沼三樹三郎《あかぬまみきさぶろう》と立ち合い、一刀のもとに斬り捨てたことがある。

赤沼三樹三郎は微塵《みじん》流の達人で、白河藩の下級武士だったが、地元では『影同心』

と呼ばれ、忌み嫌われていた闇の刺客《しかく》だった。

その男が飼い主に牙をむいた。

屍臭の漂う白河藩江戸屋敷で、血狂いした赤沼三樹三郎を斬ったとき、兵馬はあの男が背負っていた悪縁を、もろともに断ち斬ったつもりだった。

生死の境で得た『有情《うじょう》の剣』だ。

それにしても、わからない、と兵馬は思う。

白河藩の影同心、赤沼三樹三郎の動きには謎が残る。

影であるべき闇の刺客が、白昼に堂々と、藩邸に斬り込んだのは何故なのか。

あのとき、血に狂った魔剣の餌食《えじき》になった白河藩士は、たぶん十人を超えているはずだ。

文武を奨励してきた定信としては、家中《かちゅう》の体《てい》たらく、だらしがない、と吐き捨てるより他はないだろう。

このことが、もし世間に知れたら、定信が得た老中首座の地位も、危うかったかもしれない。

白河藩主松平定信は、鵜飼兵馬の剣によって、かろうじて権勢の座を保つことができた、と言えるだろう。

そのときの縁で、兵馬は療養中の定信から、白河藩下屋敷に呼び出されたこともあるが、ただ他愛もない刀剣談義をしただけで、親交といえるようなものではなかった。

二度にわたった対面で、兵馬がひしひしと感じたのは、名君と言われる定信の、利発さと頑迷さ、情を押し殺すことのできる酷薄さだと言ってよい。

松平越中守定信は、田安宗武《たやすむねたけ》の第七子だが、田安家を継いだ治察《はるさだ》が存命しているだけで、血を分けた兄弟たちはことごとく夭折《ようせつ》している。

定信は十七歳で奥州松平（久松《ひさまつ》）家の養子となった。

二十六歳のとき、先代白河藩主の定邦《さだくに》から家督を譲られ、藩政改革に取り組むことになる。

国入りした定信は、藩の財政を引き締めるため、率先垂範《そっせんすいはん》して質素倹約に勉《つと》め、奥州一帯を襲った天明の大飢饉に、白河領内から一人の餓死者も出さなかった。

何不自由なく育った江戸屋敷から、雪深い白河に飛ばされた定信は、ただの鼠ではなかったわけだ。

血筋が違う、とも言われている。

松平越中守定信は、八代将軍吉宗《よしむね》公の孫で、いわゆる御三卿《ごさんきょう》の家筋として、将軍家の血筋を絶やさないために立てられた田安家の御曹司だった。

定信は若年にして英才の誉れが高かった。

十代将軍家治《いえはる》は、定信（幼名・賢丸）の利発さを嘉《よみ》し、田安邸が火災に遭ったときには、まだ五歳だった定信を、本丸御殿に引き取って、わが子のように可愛がったという。

家治の世子家基《いえもと》は、わずか十七歳で急逝《きゅうせい》し、他に継嗣《けいし》となる男子がいないため、次の将軍職は、田安、一橋、清水の御三卿から、迎えなければならないだろうと取り沙汰されていた。

田安家の家格からいっても、このまま家治に男児が生まれなければ、定信が将軍職を継ぐことも考えられる。

しかし、利発すぎる将軍ほど、扱い難いものはない。

そのことを警戒した時の権力者、田沼意次の差し金で、定信は奥州松平家の養子に出され、江戸の政権から遠ざけられていた。

天明元年には、一橋治済《はるさだ》の子豊千代《とよちよ》が、将軍世子となって西の丸に入った。

これは老中田沼意次と、御三卿の一橋治済による策謀で、奥州白河藩へ養子に出された定信は、その時点で将軍職を継ぐ資格を失っている。

だが定信は、そのまま逼塞《ひっそく》しているような、凡庸な器《うつわ》ではなかった。

天明五年には溜間詰《たまりのまづめ》となって幕閣に加わっている。


田沼意次が罷免《ひめん》されると、定信は御三家御三卿に推挽されて、幕閣の最高職である老中首座となり、さらに翌年の三月には将軍補佐を拝命し、それからは翼を得た虎のような勢いで、幕政の改革に取りかかった。

幕閣から田沼派を駆逐《くちく》した定信は、安永《あんえい》年間、天明年間と、十数年間に及んだ田沼意次の政策を、ことごとく覆《くつがえ》してゆくつもりらしい。

天明の大飢饉のさなかに、奥州白河藩の財政を建て直した、と自負する松平定信は、百姓、町人、武家を問わず、衣服調度品などの奢侈《しゃし》を禁じ、みずから粗末な綿服を着て、質素倹約を説いている。

微に入り細にわたって、財政を引き締め、平時にいて戦時を忘れず、文武を奨励して、幕臣の士風を高めようという政策のあらわれだった。

こうした定信の新政は、文武《ぶんぶ》と言うて夜も眠れず、と皮肉られ、巷間《こうかん》に流布する狂歌にも謡《うた》われているらしい。

あの男は……、

学者にでもなるべきであった、と兵馬は思っている。

少なくとも、政権の場にいるべきではない。

もし兵馬が定信と昵懇の仲になれるとしたら、あの男が権力の座を下りたときだろうが、そうなればなおのこと、無頼の殺し屋などとは、縁を切ろうとするだろう。

鵜飼兵馬と松平定信では、身分も違えば考え方や生き方も違う。

この先どこまで行っても、交わるところなど、ないはずの男だった。

余計なことかもしれないが、と兵馬は思う。

兵馬が奥州無宿の五助を捜したのは、定信に心酔している新之介を、白河領から地遁げしてきた潰れ百姓に引き合わせ、世に言う『名君』の藩政が、実際はどのようなものであったのかを、じかに聞き出させようと思ったからだ。

しかし、間にあわなかった。

江戸中の掘割をめぐり、無宿人の塒《ねぐら》になりそうな橋の下を捜してみたが、五助のゆくえは杳《よう》として知れなかった。

瀬田新之介は『名君』の虚像を抱いたまま、藩命によって帰郷した。

あれでよかったのかもしれない。

いささかの悔いは残るが、兵馬が意図したものとは別なものを、新之介は学んだように見えた。

その五助が、いまになって、思いがけないところからあらわれるとは。

「これまで何をしていたのだ」

兵馬は狐につままれたような気がして、思わず詰問するような口調になった。

七

「おめえこそ、こんなとこへ何しに来た」

奥州無宿の五助は、怪訝《けげん》そうな顔をして兵馬を見た。

「かわいそうに、腹でも減っているだか」

長旅の塵埃《ほこり》に汚れた兵馬の姿をしげしげと見て、いまも宿なしの浮浪人と思って、哀れんでいるらしい。

「ほんとに困った奴だな」

溜め息までついている。

無遠慮なのか、不遜なのか、五助は無宿人の先輩面をして、ばかな新入りの世話をやいているつもりなのだ。

駒蔵は青くなった。

兵馬は鉄火場で怖れられていた凄腕の用心棒だ。

へたに怒らせたら血を見るぞ、と駒蔵は震えあがった。

賭場荒らしの片腕を、顔色も変えずに斬り落とすのを、駒蔵は見たことがある。

流れ者の五助は、兵馬の恐ろしさを知らないのだ。

「この野郎、うちの先生に向かって、なんてえ口を叩きやがるんだ」

駒蔵は鈍感な奥州無宿を怒鳴りつけた。

「まあまあ、よいではないか」

兵馬は苦笑した。

「捜していたときには、会うことができず、いまになって顔を合わせるのも、何かの縁というものだろう」

五助は駒蔵の怒鳴り声に耳も貸さず、兵馬をなじるように、

「おめえは、まだお艶姐さんの、厄介になっているのか」

よした方がいい、と断固とした口調で言った。

「はっははは。違う違う。お艶の世話になるつもりなら、駒蔵のところへなど来るものか」

兵馬は五助の臆測を笑い飛ばした。

「しばらく旅をしていた。ゆくえ定めぬ旅の果てに、流れ流れてここへきたのだ」

将軍家に直属する御庭番の仕事が、幕閣の支配が及ばない影の働きにあるならば、御庭番宰領の役割は『影の影』と言えるだろう。

遠国御用に出るときは、あの世への旅と思っている。

誰にも知られることなく、ひっそりと消えてしまうのが、御庭番宰領の定めだ。

あれほど世話になったお艶にも、別れを告げたことは一度もない。

御庭番宰領はこの世の闇に生きる者。

いまさら帰るところなど、あるはずはなかった。

「あっしのところが、それほど不満なら、とっとと出て行ってもらおうか」

駒蔵が向かっ腹を立てた。

「そう冷たいことを申すな。太っ腹の駒蔵親分らしくもないぞ」

兵馬は皮肉な薄笑いを浮かべたまま、雪に濡れた土間の片隅で脅えている夜鷹のお蓮を手招いた。

「そのようなところでは寒かろう。ここへ来て暖まるがよい。いつまでも濡れたままでは風邪を引くぞ」

お蓮はこれまでの勢いはどこへやら、

「だって、ここは十手持ちの親分さんの家なんだろう。あたしのような女が、敷居をまたげるはずがないじゃないか」

すがるような眼で兵馬を見ている。

駒蔵は焦《じ》れったそうに、

「ちぇっ。好きなようにするがいいぜ」

いきなりお蓮の肩を鷲づかみにすると、真っ赤に熾っている大火鉢まで、情け容赦もなく引き摺ってきた。

「何するのさ」

驚いたお蓮は、凶暴な目明しの手から逃れようと、思わず身をもがいたが、縛られるのではないと知って、その場にへなへなと屈み込んだ。

駒蔵は女を荒っぽく突き放つと、苛々《いらいら》した顔をして兵馬に向きなおった。

「こんな腐れ女郎なんか、どうとでもなれ。それよりも五助のことだ。この野郎の始末を、どうつけたらいいのか、相談に乗ってもれえてえ、と思いやしてね。あれからずうっと、先生のゆくえを捜していたんですぜ」

いつになく殊勝な顔をしている。

「めずらしいな。拙者に相談とはなんのことか」

兵馬が問い返すと、

「この野郎が、困ったことをしてくれましてね」

駒蔵はいまいましそうに舌打ちした。

「まさか」

兵馬は取りなすように言った。

「五助はまれにみる正直者だ。いくら食い詰めても、親分に世話を掛けるような、盗みや叩きをするとは思われぬが」

すると駒蔵は、苦虫を嚙み潰したような顔をして、

「ただの盗みなら、どおってこたあねえが、この野郎は御禁制破りをしたんですぜ。捕まえたのがあっしだから、どうにか命拾いをしたようなものさ」

さもなきゃ、きつい拷問にかけられて島送りだ、と恩着せがましく言った。

「鬼の駒蔵にしては、ずいぶん親切なことだな。それにしても、せっかく捕まえた下手人を、こんなところに匿っておくとは、ずいぶん変わった趣味ではないか」

まさか妾を囲うわけでもあるまいし、と兵馬が軽く揶揄すると、

「とんでもねえ」

駒蔵はあわてて打ち消した。

「誰が好きこのんで、こんなむさ苦しい奴など飼っておくものか。この野郎は、例の一件にかかわっているんでさ」

「例の一件？」

なにげなく問いかけて、兵馬はすぐに思い出した。

遠国御用に旅立つ日のことだった。

日本橋から京橋に向かう途中で、たまたま出会った駒蔵が、先を急ぐ兵馬にうるさく付きまとって、葵屋吉兵衛《あおいやきちべえ》から没収したという猥褻《わいせつ》な浮世絵を見せたことがある。

どういうことはない春画に見えたが、これが『闇の売人』の手になる御禁制の品だという。

男と女が裸で絡み合った絵柄が淫猥で、綺羅《きら》を飾った重ね摺りも、贅沢にすぎるということらしい。

こんなものまで、あっしが取り締まらなきゃならねえなんて、まったく迷惑な話さ、阿呆くせえったらねえよ、と駒蔵はひとしきり愚痴をこぼした。

たかが絵ではないか。

御禁制、御禁制と、そこまでやるか、と思わないでもない。

政権を握ったばかりの越中守は、幕政の改革を推し進めるに急で、御法度破りの取り締まりにも、手心を加えることはないのだろう。

わかるような気もする。

絵師の意図がどうあろうと、駒蔵が没収したあの浮世絵には、お上の御政道を揶揄しているようなところが確かにある。

まるで幕府の取り締まりを嘲笑《あざわら》うかのように、絵師の名も、版元の名も、わざと摺り込まれてはいないのだ。

しかも刷り上がった浮世絵は絶品とくる。

御禁制となればなるほど、あの種の浮世絵は稀少となり、好事家《こうずか》たちのあいだでは、法外の高値を呼んでいるらしい。

その裏には、天下の御政道に叛する『闇の力』が働いている、とも言われている。

「大仰《おおぎょう》なことを申すな」

兵馬は苦笑した。

「この男とは知らぬ仲でもあるまい。どうだろう、拙者の顔に免じて、五助を放免するわけには参らぬか」

「何を言いやがる」

駒蔵は鼻の穴を膨らませた。

「この野郎は、御禁制の錦絵を密売していた『闇の売人』なんですぜ」

十手をあずかる駒蔵は、これまでは手掛かりもないまま、足の裏を磨り減らして、誰とも知れない闇の売人を追っていたわけだ。

まるで雲を摑むようなものだったぜ、と駒蔵はひとしきり愚痴った。

ところが、やっと捕まえてみれば、知らぬ仲ではなかった奥州無宿とは、

「灯台もと暗し、とはこのことだぜ」

駒蔵はいまいましげに舌打ちした。

「やっと『闇の力』とやらの、尻尾をつかんだわけだな」

兵馬は皮肉っぽく応じた。

「あっしもそう思っていたんですがね」

駒蔵は苦々しげに顔をしかめた。

「それが、とんでもねえことに……」

これで闇の売人を一網打尽だ、と気負い立ったが、そうではなかった、と駒蔵はいまいましそうに舌打ちした。

「これもみんな、おめえさんが悪いんだぜ」

恨めしそうな顔をして、兵馬を睨んでいる。

「いきなり、何を言うか」

とばっちりも甚だしい、と兵馬が抗議すると、

「いきなり、と言いてえのはあっしのほうだぜ。おめえさんは、いきなり江戸からいなくなって、半年あまりは音沙汰もなかった。どこをほっつき歩いていたか知らねえが、肝腎なときには頼りにならねえ先生だ。まずいことになったのは、その間のことさ。人をヤキモキさせるにもほどがあるぜ」

駒蔵は激したように怒鳴りはじめた。

「あっしが足の裏を磨り減らして、闇の売人を追っていたことは、おめえさんも知っているはずだ。やつらは尻尾も見せねえ狡猾《こうかつ》な野郎どもだ。容易なことでは埒《らち》が明くめえ。そこであっしも腹を据えた。江戸中の手下どもに駄賃をはずんで、裏町という裏町に網を張っていたと思いねえ。相手は御法度破りの無法者だ。とんでもねえ悪党に違えねえ。ところが、ガッカリさせてくれるじゃねえか。やっとのことで捕《つか》めえてみりゃあ、間抜け面したこの野郎だ。まったく拍子抜けというもんだぜ。こいつを叩けば、密売の大元が割れると思ったが、ままよ、さんざん苦労をさせやがって、黙って町奉行所に引き渡すのも癪《しゃく》にさわる。こいつはあっし一人の手柄にしようと、ふと

思ったのが運の尽きさ」

　駒蔵は激しく舌打ちした。

「半年あまりも飼ってみたが、この野郎から聞き出したことは、なんの手柄にもならねえ与太話ばかりさ。闇の売人などとは仰々《ぎょうぎょう》しい。こいつはなんにも知らねえ下っ端の下っ端、さらにその下の使い走りだったのよ。だがお裁きってえのは甘くねえ。ほんとうだろうと嘘だろうと、筋書きどおりの罪状を吐くまで責めるのが、木っ端役人の手口なのさ。この野郎が拷問にかけられたら、しぶとい奴だと疑われて、しめえには責め殺されるぜ」

　見かけによらず、駒蔵にも湿った人情があるらしい。

「この野郎は、おめえさんの知り合いだ。始末屋お艶のところで、居候をしていたとも聞いている。あっしにしても、まったく知らねえ仲じゃなし、たかが浮世絵の密売で、島送りになるのも気の毒と、情けをかけたのが仇になって、ふと気づいたときには、皮肉なことに、このあっしが、下手人の隠匿、という罪を犯してしまっていた、というわけよ」

　駒蔵が頭を抱え込むのを見て、兵馬は傷口に塩をすり込むようなことを言う。

「拙者と五助とは無宿人仲間、いわば身内のようなものだ。この男の所業など、たかが知れているではないか。お上に盾突く『闇の力』などという大袈裟なものとは、縁もゆかりもない小心者だ。いま頃になって奉行所に突き出しても、この男は責め殺される、下手人を隠匿していた駒蔵は、十手持ちの身でありながら、お上を憚らぬ不埒者、ということで、鳥も通わぬ八丈島に、流されるのが落ちではないか」

岡っ引の駒蔵を責め立てて、ことを穏便にすますように仕向けたのは、気の毒な五助のためばかりではない。

兵馬には兵馬の思惑があった。

遠国御用から帰った兵馬は、あるいは老中首座の進退にかかわるかもしれぬ、大いなる疑惑を抱え込んでいた。

たまたま大坂の蔵屋敷で披見した天明年間の記録。

蔵屋敷に保管されていた、膨大な帳簿の中には、奥州白河藩によって買い占められた、米価の記録も残されていた。

いずれも天明の大飢饉のさなか、天明三年から四年に至る米穀買い付けの帳簿だった。

そこに明記されている出納簿の数値は、何を意味するものなのか。

天明の大飢饉に餓死者を出さなかった奥州白河藩の秘密。

その裏で暗躍していた影同心。

この繋がりを確かめねばならぬ、とは思ったものの、物好きで調べるにしては荷が勝ちすぎている。

天明三年の奥州白河藩主は、先代から家督をゆずり受けたばかりの、松平越中守定信だった。

いま松平越中守は、将軍を補佐して幕政の改革を推し進めている。

この国を動かす権力の中枢なのだ。

もし兵馬の直観が当たっていたとしたら……。

へたに曝《あば》きたてれば、幕政を左右することにもなりかねない。

それゆえ慎重に、とは思うものの、おぼろげな実態は雲を摑むようで、確かなことは何ひとつとしてわかりはしない。

その鍵を握っているのは、奥州無宿の五助ではないだろうか。

天明の大飢饉のとき、五助はなぜか潰れ百姓になって、餓死者が出なかった奥州白河領から地逋げし、諸国を放浪する無宿人となって、多くの無宿人たちが集まる江戸に流れてきた。

藩命を受けて暗躍していた影同心を恐れたからだ。

天明の大飢饉に対処した白河藩の秘事を、五助はふとしたことから知ってしまったに違いない。

影同心に付け狙われたのは、そのときの五助が、核心に近いところにいたからだろう。

他の者はみな死んだ、いや、影同心によって密殺されたのだ。

その影同心も次々と消されたからには、藩の秘密を知る生存者は、潰れ百姓の五助ひとりかもしれない。

五助の身に何かあれば、隠蔽された白河藩の秘事は、永久にわからなくなってしまうだろう。

大坂蔵屋敷に残る帳簿の数値。

白河藩で暗躍していた影同心。

そこには隠蔽された過去があり、遮断されてしまった時間がある。

無宿人となった地遁げ百姓の五助は、奥州白河藩の秘事を確かめることのできる、唯一の生き証人と言えるのだ。

むざむざ奉行所などに引き渡しては、天明の大飢饉にかかわる秘事を知る、唯一の手掛かりを失ってしまう。

兵馬は駒蔵の矜持《きょうじ》を擽《くすぐ》るように、

「それにしても、長いことゆくえを断っていたこの五助を、よく見つけたものだと感心する。以前、拙者も野暮用があって、五助のゆくえを捜したことがある」

江戸を去る瀬田新之介と一緒に、江戸の橋という橋の下を覗き歩いたが、五助を見つけ出すことはできなかった。

「やはり蛇《じゃ》の道は蛇《へび》か」

駒蔵親分のねばりに感服する他はない。

「しかし、この男を奉行所に突き出すのは考えものだな」

五助が町役人の取り調べを受ければ、そこから芋づる式に、謎の版元、謎の絵師が、捕まえられることだろう。

「そうなれば、奉行所の取り調べは、浮世絵に描かれた婀娜《あだ》っぽい女、始末屋お艶にも及ぶであろう。あの女が拷問されて、何かを吐くようなことにでもなれば、駒蔵親分にとっては、困ることがあるんじゃないのかね」

兵馬はさり気なく脅しをかけた。

むろん当てずっぽうの推測だが、これまでの経緯からして、かなり効果はある、と兵馬は踏んでいる。

世間に知られたくない駒蔵の弱みを、お艶は握っているらしい。

そのせいかどうか、駒蔵はいつもお艶の顔色を覗《うかが》って、腫れ物にでも触るようにしているのだ。

「そこが難しい」

駒蔵は苦虫を嚙みつぶしたような顔になった。

「この野郎の始末に困ったのは、その辺の事情があるからよ。ここは先生に相談して、と思っているうちに、どこへ雲隠れしたのか、おめえさんのゆくえは知れず、ぐずぐずしているうちに、思わぬ時がすぎた、というわけだ」

兵馬は半年前に駒蔵から見せられた、妖艶な大首絵を思い浮かべた。

あれがお艶の似姿か。

雲母《きらら》を擦り込んだ白い肌から、熟《う》れた女の妖しげな色気が匂ってくる。

それにしても、
みごとな絵だった。

一生に一度だけでもいい、こんな女を抱いてみたい、と男の好き心をそそる、不思議な魅力があの絵にはある。

兵馬はあの絵を見ることによって、これまで気づかなかったお艶の色香を、あらためて知ることになった。

そこにはお艶を見る絵師の、独特な視点がある。

一種の凄味さえ感じさせる官能の美だ。

お艶を描いた絵師の技倆は、尋常のものとは思われない。

風俗紊乱《びんらん》？

あの絵が幕府の御法度に触れるのは、当然のことなのかもしれなかった。

何もかも縮こまってしまったこの御時世に、
あのような絵を摺るとは、
なかなか気骨のある版元ではないか。

それにしても、と兵馬は思う。

あれほどの腕を持つ絵師が、お上の御禁制のもとに、名も知られないままに埋もれてしまうのか。

見かけ倒しや張ったりが、まかり通るこの世では、かならずしも才ある者が報《むく》われるとはかぎらない。

「惜しいことだ」

兵馬は釈然としない思いで呟いた。

二章　雪　女

一

兵馬は冬支度をして北へ向かった。

寒さを防ぐ手《て》っ甲脚絆《こうきゃはん》、真綿入りの袢纏《はんてん》や、藁《わら》編みの雪沓《ゆきぐつ》、飢えを満たす煎《い》り米、煎り豆の用意も怠らなかった。

「ねえ、旦那」

ひとり旅ではなかった。

どことなく崩れた感じの色っぽい女と、みすぼらしい旅装束をした野暮ったい男が、兵馬に寄り添う影のように連れ立っていた。

「これで江戸の街も見納めね」

明け六つ前なので、まだ街道には夜の気配が残っている。

大川（隅田川）に沿って朝霧が流れていた。

白い気流は北の空を覆っている。

駒蔵の棲む花川戸から、大川の流れに沿って聖天町《しょうでんちょう》を北上し、山谷《さんや》堀の手前で左に曲がれば新吉原、そこから道なりに山谷橋を渡って、さらに北上すれば小塚ツ原《こづかっぱら》に出る。

川霧が流れ込む刑場のあたりは、昨夜から舞っている雪に埋もれて白い。

千住大橋の欄干から、川の流れを見下ろすと、川霧は激しく渦巻いて、獣の群れのように川面を走っている。

未明の奥州街道に人通りはない。

関屋天神を右手に見て、千手掃部《せんじゅかもんじゅく》宿を真っ直ぐに北へ進めば日光街道、そこから右に曲がれば奥州街道に出る。

「こうやって、旦那と一緒の旅ができるなんて。なんだか嬉しいね」

はぐれ夜鷹のお蓮は、ときどき思い出したように、色気たっぷりの愛想笑いを浮かべたが、おもねるような口調とは裏腹に、あまり嬉しそうには見えなかった。

それもそのはずで、よりによって、江戸にはめずらしい大雪の日に、始末屋の用心棒をしている鶏飼兵馬に護送されて、さらに雪深い奥州まで追放されるのだ。

「おめえは、まだ運がいいよ。苦界《くがい》に沈んでいたところを、只《ただ》で足抜きできたようなものだからな。そのうえ、綺麗なべべ着て、生まれ在所に帰るんだから、どう見たって、故郷に錦を飾る、と言ったところさ」

奥州無宿の五助が、はぐれ夜鷹を慰めるように言った。

「それに引き替えこのおれは、奥州白河郷から地遁《じに》げしてきた潰《つぶ》れ百姓だ。御領内に戻れば戻ったで、むごい仕置きが待っているに違えねえ。そうなりゃ、おめえ、どんな目にあわされるか、わからねえんだよ」

奥州無宿の五助は、いつもながらの間抜け面に、悲愴な色を浮かべている。

千住大橋を渡ればそこはもう江戸ではない。


上空は薄墨を流したように暗く、雪の降り止む気配はなかった。

五助は不安に駆られたように、先を行く兵馬の背に声をかけた。

「おめえは感じねえか。この先には何か恐ろしいことが、待ち受けているような気がして、仕方がねえんだ」

五助の声は悲痛に震えた。

何を脅えているのか、兵馬にはわかっている。

五助は『闇の刺客』を恐れているのだ。

なにを大袈裟な、無宿者となった潰れ百姓に、わざわざ刺客を差し向けるような物好きがどこにいるか、と兵馬が笑い飛ばすと、五助は顔面蒼白となって、呻《うめ》くような声でその男の名を口にした。

白河藩の『影同心』赤沼三樹三郎。

兵馬もよく知っている微塵流の遣い手だった。

「まさか」

兵馬は失笑した。

微塵流の達人赤沼三樹三郎は、白河藩の密命を受けて動いていた影の刺客だ。

ただの殺し屋とはわけが違う。

地遁げした潰れ百姓など、つけねらう謂われはない。

「あるいは」

奥州白河藩の機密に類することか。

知られてはならない藩の秘事を、五助が目撃してしまったからに違いない。

「そのことで」

白河藩の刺客から、つけねらわれる羽目に陥ったのだ。

五助が白河領を地遁げして、やむなく無宿人となったのも、恐ろしい影同心から逃れるためだった、と聞いたことがある。

江戸に流れて来た後も、五助は刺客の影に脅えていた。

「しかし、それはもう五年も前の、ことなのではないか」

五助が白河領から地遁げしたのは、全国で数十万人という餓死者が出たという、天明の大飢饉のさ中だった。

そのとき、五助が逃げてきた白河藩では、知られてはならない何事かが、隠密裏に行われていたと思われる。

たまたま、その場に居あわせた五助が、見てはならないものを見てしまったのだ、と兵馬は睨んでいる。

これは不運としか言いようがない。

しかし、それはもう過ぎたことだ、と兵馬は思う。

五助が恐れていた影同心、赤沼三樹三郎は、すでに鬼籍《きせき》に入っている男なのだ。

死者の影に脅える五助は、どこかおかしいのではないか。

「そういえば、あのときも五助は変だった」

一年ほど前のことになる。

買い物客が行き交う高砂町《たかさごちょう》の街角で、赤沼三樹三郎らしき男とすれ違った日のことを、兵馬はとっさに思い出した。

「あのとき……」

おめえは姐さんを踏みつけにしている、と五助はお艶の肩を持って、兵馬を罵倒していたのだった。

始末屋に拾われて、橋の下に寝なくてもよくなったことで、五助はお艶に対して、言いしれない恩義を感じていた。

あのときの五助には、お艶姐さんのためなら、水火《すいか》をも恐れないという思い入れがあって、兵馬を責める舌鋒《ぜっぽう》はいつになく鋭かった。

ところが……。

その一瞬後には、五助の顔が恐怖に歪んでいた。

居丈高《いたけだか》に兵馬をなじっていた奥州無宿が、なぜか異常なほど脅えている。

「どうしたのだ」

問い返す兵馬に、五助はわなわなと震えながら、押し殺した声で言った。

「あの男だ。あの男が江戸に来ている」

往来をゆく雑踏の中に、恐ろしい影同心の姿を見たのだという。

そのとき、どこからか伽羅《きやら》の香りが匂ってきた。

兵馬はその香りを覚えていた。

谷中《やなか》の庫裡《くり》で斬殺されていた、死微笑を浮かべた美女。

死美人の枕辺に漂っていた伽羅の香り。

消えた女駕籠のゆくえを追って、駒蔵と谷中の寺町へ向かった兵馬は、不忍池《しのばずのいけ》に立ち籠めている濃い闇の中で、血の匂いを漂わせた浪人者と遭っている。

漆黒の闇の中に、かぐわしい伽羅の香りが匂っていた。

あの男が放っていた凄まじい殺気を、兵馬は生々しいものとして覚えている。

五助が恐れている『闇の刺客』とは……。

あの男に違いない、と思ってふり返ってみたが、高砂町の雑踏にまぎれて、伽羅の香りを放つ殺し屋の姿を、確かめることはできなかった。

しかし過ぎたことだ。

「それはもう終わっている」

いまさら、恐れることはない、と兵馬は声に出して言った。

五助が恐れていた影同心、赤沼三樹三郎は、江戸表の白河藩邸に斬り込んで、多くの藩士を道連れに憤死している。

もう一人の影同心、天流の青垣清十郎《あおがきせいじゅうろう》は、藩の密命によって、微塵流の赤沼三樹三郎に討ち取られた。

影と影が、互いにぶつかりあって、消滅した。

奥州白河藩の秘密は、二人の死によって闇に葬られたのだ。

御庭番倉地文左衛門の要請を受け、白河藩邸で兵馬が斬った剣鬼は、最後に残った最後の影同心だったのだ。

斬った兵馬には疑問が残る。

非情な影同心を遣《つか》っていたのは何者なのか。

そのとき白河藩政を握っていた越中守定信は、かぎりなく黒に近い、と兵馬はひそかに疑っているが……。

過ぎてしまったことだ。

老中首座となった奥州白河藩主、松平越中守定信の御政道は多忙を極め、領内の仕置きにまで眼を光らせるゆとりはあるまい。

たとえ潰れ百姓が白河郷に帰っても、五助が恐れているような影同心など、どこにもいないはずだった。

しかし五助は不安そうに、

「なんてことだ。あんな恐ろしい所へ戻るなんて。しかも無慈悲なおめえの見張り付きで」

いまにも逃げ出しそうな素振りを見せた。

しかし、兵馬にも思惑があって、どれほど五助が嫌がろうとも、おいそれと逃すわけにはいかない。

そもそも、奥州白河藩への旅は、五助がいなければ意味を失うのだ。

大坂納宿の調べを終えて、帰途に就いた兵馬は、御庭番家筋の倉地文左衛門には言えない『大いなる疑惑』を抱いていた。

遠国御用に出かけた大坂の蔵屋敷で、たまたま披見した帳簿に明記されていた疑惑を、奥州白河藩まで出向いて、じかに確かめなければならないと思っている。

そのため途中から倉地と別れ、江戸への帰路を急いだのだ。

気が重かった。

なるべくなら、御政道などにかかわりたくはない。

藩政の犠牲となって、やむなく弓月藩を追われた兵馬は、政界の裏取引には懲《こ》り懲《ご》りしているはずだった。

しかも、この疑惑を突きつめてゆけば、弓月藩二万石などという田舎大名家の内紛とは違って、天下の御政道を預かる老中首座、松平越中守定信の足許を、掘り崩すことにもなりかねないのだ。

将軍家に直属する御庭番宰領として、職域を越え、禁忌を侵す、あぶない動きと言えるだろう。

御節介がすぎる、と思わないでもない。

しかし兵馬の気質として、胸の奥に生じたわずかな疑念を、そのままにしておくことはできなかった。

遠国御用を申し遣って、大坂にゆくまでは、越中守の仕掛けた罠に気づかなかった、と兵馬は溜め息をついた。

天明の大飢饉のとき、奥州白河藩は餓死者を出さなかった、と言われているが、他藩と同じように凶作に苦しんだはずの白河藩内で、どのような施政が行われていたのか。

そこに『名君』の本質がある。

やはり確かめなければならない、と兵馬は思う。

天明の大飢饉のとき、白河藩は非情な影同心を使わなければならないような、秘事を抱えていたと言ってよい。

そして事が終われば、藩政の秘事にかかわった者たちは、後くされがないよう消されてしまう。

それが政事か。

非情な影同心として、藩政の裏で、こき使われてきた赤沼三樹三郎は、そのからくりを知って江戸藩邸に乗り込み、口封じのために密殺された。

兵馬は老中首座の密命を受け、血狂いした三樹三郎を斬ったので、事の顚末《てんまつ》がよけい気になっている。

飢えに苦しんで死者の肉を食らい合った、と言われる天明の大飢饉に、領内で餓死者を出さなかった白河藩主、松平越中守定信は『名君』として幕閣に招かれた。

定信がおこなった藩内の仕置きとはなんだったのか。

隠密裏に行われた影同心の働きとは、どのようなことであったのか。

すべてが過ぎたことだ。

いまさら知ったところで何になる、と兵馬も思う。

あの慎重な越中守のことだ。

名声の邪魔になるようなことは、何も痕跡が残らないよう、抹殺されているはずだった。

闇の刺客として生きた影同心、赤沼三樹三郎の死によって、すべては闇に葬られてしまったのだ。

そうなれば、影同心を恐れて白河領から遁走した奥州無宿の五助は、ほとんど唯一の生き証人ということになる。

むろん五助は、秘事の全貌を知っているわけではなく、ふとしたことからその一端を覗き見ただけにすぎまい。

いまになって掘り返しても詮《せん》なきこと、と思わないでもない。

わたしは何をしようとしているのか。

兵馬は苦笑した。

これからたどるのは雪深い奥の細道。

物好きにもほどがある、と言うべきだろう。

五年前の秘事など、知ることはできないかもしれないし、知ったからといってどうなるものではあるまい。

まあ、と兵馬は溜め息をついた。

芭蕉翁の旧跡を慕って、白河の関を越える旅に出た、と思えばよいではないか。

片雲の風に誘われるまま、と言いたいところだが、めずらしい江戸の雪は、風流の旅というには、いささか季節はずれというものだろう。

二

千住から草加、越ヶ谷、大沢町、粕壁《かすかべ》、杉戸、幸手《さって》、栗橋までは何事もなく進んだ。

栗橋と中田のあいだには、房の川戸と呼ばれる関所がある。

兵馬と五助は人体《にんてい》改めもなく関所を抜けられるが、江戸から出てゆく女には、箱根と同じような手形改めがある。

夜鷹のお蓮は、その風体《ふうてい》からして関所役人に咎められたが、駒蔵が都合してくれた通行手形があるので、無事に脱けることができた。

「道中での商売は御法度だぞ」

関所役人から嫌味を言われても、お蓮はわざとのように、

「あたしはそんな女じゃありませんよ」

色っぽい笑みを浮かべて関所を出た。

役人どもは鼻の下を長くして見送っている。

「やりすぎだ。それではおまえの素性を、明かすようなものではないか」

兵馬は苦笑した。

駒蔵がどのような手形を用意したかは知らないが、お蓮から夜鷹の匂いを消すことはできそうもなかった。

房の関所から対岸の中田へ出るには、坂東太郎と呼ばれる大河、常陸川《ひたちがわ》（利根川）を渡らなければならない。

渡し船の賃料は十二文から九十五文と幅がある。

常陸川の流域は広いので、川舟とはいえ海に浮かべるような大船で渡す。

波にもまれて転覆するかもしれない小舟は船賃も安いが、屋形を組んだ大船となれば、相応に賃料も高くなる。

兵馬はお蓮と五助を入れて三人分、寛永通寳で三十六文を払って、底板が朽ちた吹き曝しの小舟に乗った。

大波に襲われたらたちまち沈みそうな安舟だが、兵馬にとっては手痛い出費となる。

「舟が出るぞぅ」

菅笠に頬被りをした船頭が渋い声で叫んだ。

小舟は軋みながら岸を離れた。

岸辺に茂る葦原は、重い積雪に敷き折られて、平板な氷塊のように見える。

「冷たそうな水ね」

川の流れを見ながらお蓮は呟いた。

この朽ちかけた小舟が転覆すれば、たとえ泳ぐことができたとしても、岸辺にたどり着くまでには凍死してしまうだろう。

まだ小娘だったお蓮が、女衒《ぜげん》に買われて江戸に向かったときも、この大河を渡ったはずだった。

人買いに売られたお蓮は、これと同じような、銀白色に氷結した、淋しい岸辺を見ていたことだろう。

わが身のゆくすえも知らないまま、いっそ身投げしようか、などと思っていたかもしれない。

川風が冷たい。

屋形を組んだ大船が、うねるように川浪を揺らしながら追い抜いてゆく。

「あたしたちは、いつもこうね」

お蓮がぽつりと呟いた。

「どう転がったって、あたしは大船なんかには乗れっこないわ」

みずからの悲運を嘆いているのか。

「おれたち貧乏人は、身も凍るような吹き曝しの中で、ただ立ち竦んでいるしか能がねえのさ」

鼻水をすすりながら五助が言った。

屋形船はわがもの顔に川面を揺らし、白い浪跡を残して揺曳《ようえい》している。

風よけ障子の中には、真っ赤に熾った火鉢があって、そこでは肥え太った旦那衆が、熱い燗酒を酌み交わしながら、ぬくぬくと暖を取っているのだろう。

「寒暖ところ嫌わず、と申す。わずかな差だ。僻《ひが》んでもしかたあるまい」

兵馬は憮然として応じた。

対岸に着く。

これから先は下総《しもうさ》の国だ。

あたりは一面の雪に覆われて、地表は銀白色に輝いている。

街道沿いに雪除けはあるが、吹き溜まりに落ち込むと、思いがけない深みにはまる。

北に向かうにつれて、積雪は深くなってゆくように思われた。

対岸の中田には旅籠《はたご》もない。

宿を捜すなら、これから一里半を歩いて、古河《こが》まで出なければならなかった。

「どうも気が進まねえ。北は凶だ。おれたちを待ち受けているのは死だ。おめえはそう思わねえか」

兵馬が取り合おうとしないので、五助は同行するお蓮に向かって、ぶつぶつと文句を言っている。

兵馬はふり返って、

「そうぼやくな。いまさら文句を言えた筋合いのものではあるまい」

むしろ、くすぐったい気分になっている。

「こうなったことに、実は拙者も驚いておるのだ」

あまりにもトントン拍子に、兵馬の思惑どおりに事が運んだので、かえって不気味さを感じているほどだった。

「あの駒蔵にしては、ずぶんと寛大な処置であったとは思わぬか」

三人を奥州へ向かわせたのは、駒蔵親分の裁量だった。

どうした風の吹き回しか。

いつもの駒蔵とはやり口が違う。

「こうなりゃ、奥の手を使うしかねえ。御法度破りの隠れ淫売も、御禁制を犯した秘画の密売も、みんな無かったことにしようじゃねえか。いいかえ。明日の朝、まだ暗《くれ》えうちに、三人とも江戸を離れてもれえてえ。おめえたちが消えてくれりゃあ、四方が丸く収まるというものだ」

温情などかけらもない岡っ引が、まるで享保《きょうほう》の名判官（大岡越前守忠相《おおおかえちぜんのかみただすけ》）のような、気の利いた裁きを下したのだ。

そのことで兵馬は駒蔵に、多少の恩誼《おんぎ》を感じている。

「このようなことが、もし町奉行所に知れたら、駒蔵は下手人を無断で放免した罪を問われて、まちがいなく首が飛ぶのだぞ」

本来なら、はぐれ夜鷹のお蓮と、御禁制の浮世絵を密売していた奥州無宿の五助は、縄付きのまま江戸町奉行所に引き出され、厳しい拷問を受けるはずだった。

そうなれば、岡っ引の身でありながら、罪ある二人を匿っていた駒蔵も、ただではすまないことになる。

そう言った兵馬の脅迫が、功を奏したのかもしれなかった。

「困ったことをしてくれたぜ」

駒蔵は苦虫を嚙みつぶしたような顔をして、ゆくあてもない雪の夜に、隠れ売女を連れ込んだ兵馬を恨んだ。

「さて、どうしたものか」

もの凄い形相で腕組をしている駒蔵に向かって、

「雪か」

はぐらかすように兵馬は言った。

「江戸の雪景色も悪くはないが、どうも風情に欠ける。どうせ雪を見るなら……」

わざと暢気《のんき》そうに、

「奥州白河の関を越えるのも悪くはあるまい」

それとなく謎を掛けてみた。

　　いづれの年よりか
　　片雲の風にさそはれて
　　漂泊の思ひやまず

芭蕉庵風羅坊を気取ったつもりだが、博徒あがりの目明し駒蔵に、風流や俳味などが通じるはずはない。

「おいおい、先生よ。こんなとき、寝言を言うのは、やめてくれねえか」

駒蔵は思わず怒声を発したが、兵馬はかまわずに続けた。

　去年《こぞ》の秋
　江上《こうしよう》の破屋《はおく》に
　蜘蛛の古巣をはらひて
　やや年も暮れ

「いってえ、何を言いてえんですかい」

金に汚いと言われている駒蔵は、銭にもならない蘊蓄《うんちく》を聞かされるのが、なによりも嫌いな男だった。

兵馬は気にも留めず、

　春立てる霞の空に
　白河の関こえんと

そぞろ神のものに憑《つ》きて
心を狂わせ
道祖神のまねきにあひて
取るもの手につかず

さぞ怒るだろう、と思いながら『奥の細道』の冒頭を朗唱していると、渋い顔をしていた駒蔵は、何を思いついたのか、いきなり相好《そうごう》を崩して、パンッと威勢よく両膝をたたいた。

「なぁるほど。そういう手もあるか」

駒蔵はとっさの思いつきに、われながら満悦しているようだった。

「これで片付いたぜ」

隠れ売女のお蓮と無宿者の五助を、お上から発令されたばかりの『人返し令』を楯に、地遁げしてきた潰れ百姓を本籍地に送り返す、ということで、難しいこの一件にケリを付けたのだ。

かなり強引なやり方だが、駒蔵にしては上出来だった。

「ただし、これには条件があるぜ」

駒蔵は兵馬を意味ありげに睨んで、

「たがいに痛み分け、といこうじゃあねえか。先生にも一働きしてもらわなきゃあ、うまく事は収まらねえ。いいですかい。こいつらを送り先まで絶対に逃がさねえよう、しっかり見張ってもれえてえ」

これはおめえさんの仕事だぜ、と意地悪い眼をして念を押した。

ふたりの護送を兵馬に押し付けたのは、法の網を潜って生きてきた駒蔵らしい、したたかな才覚と言えるだろう。

いまの駒蔵は、隠れ賭場を開いていた博徒の親分ではない。

お上から十手をあずかっている岡っ引の身だ。

いわば取り締まられる者から取り締まる側に、まるで反対の立場になったように見えるが、それで駒蔵の体質が変わったわけではない。

兵馬との腐れ縁が切れないのも、裏と表の世界を棲み分けている駒蔵が、いまも凄腕の用心棒を必要としているからだった。

「わかっているだろうが、これであっしは、おめえさんたちとグルになって、あぶねえ橋を渡ることになるんだぜ」

そういう世渡りをしてきた男だった。

「このこと、忘れねえでもれえてえなあ」

駒蔵は兵馬に恩を売ったつもりらしかった。

「そこは安心してもらおう。もともと拙者が持ち込んだ一件だ。親分の立場を危うくするつもりはない」

兵馬は胸を張って請け合ったが、駒蔵はなおも疑わしそうな眼をして、潰れ百姓の五助と、はぐれ夜鷹のお蓮を睨んでいた。

「そういうわけで、おまえたちを預かってきたのだ。これが話のわかる駒蔵親分でなければ、白州《しらす》での裁きはまぬがれなかったのだぞ」

そう言いながらも、兵馬には屈折した思いがないわけではない。

弓月藩剣術指南役鵜飼兵馬も落ちぶれたものだ。

これではまるで、やくざな岡っ引の、手下か子分にでもなったようではないか。

お蓮は皮肉っぽく笑った。

「あたしたちは、おかげで命拾いしましたけど、奥州まで付き合わされる旦那は、ほんとにお気の毒ですね」

この大雪が積もる中、しかも旅費はすべて自分持ちだ。

幸いなことに、兵馬には遠国御用の手当があるので、いつもより懐はあたたかいが、駒蔵は非情にも、護送する囚人の旅費も兵馬が負担しろと言う。

「こいつは、あっしの一存で決めたことよ。『人返し』と言っても、お上から鐚《びた》一文も出るわけじゃあねえ。それが承知なら、こいつらを先生にお預けしよう、というわけだ。それで二人の首が繋がると思えば、安いもんじゃあねえですかい」

駒蔵はいかにも恩着せがましい言い方をしたが、こいつら厄介者の始末を、兵馬に押しつけよう、という魂胆は見え見えだった。

「すると、三人分の旅費は、拙者が持つのか」

無宿人の五助や、はぐれ夜鷹のお蓮に、奥州までの旅費などあるわけはない。

「そうよ。いい功徳《くどく》になるぜ」

駒蔵は意地悪そうに笑った。

イヤミな奴だ、と思いながらも、兵馬は嫌がる二人を護送して、奥州白河の関へ向かったわけだ。

三

風雪の舞う奥州街道には、重苦しい暗雲が立ち込めて、白く積もった雪の中を、せわしげに行き交う人影もない。

「あまり贅沢はできぬぞ」

兵馬はお蓮と五助にくどくどと念を押した。

奥州白河までの旅は、まだ始まったばかりだった。

これから旅籠《はたご》代も飯代もかさむだろう。

三人分の旅費はきつい、と思って兵馬は憂鬱になった。

今日は舟賃もかかった。

厭でも吝嗇《けち》にならざるを得ない。

さて今夜の宿だが、と兵馬は頭の中で銭勘定をしてみる。

いくら安宿でも、ひとり五十五文とすれば、三人で百六十五文か。

思わず溜め息が出る。

へたをすれば、白河の関までたどり着かないうちに、路銀が尽きてしまうかもしれない。

節約しなければ、と兵馬は気を引き締めた。

素泊まりで二十六文の安宿があるとは聞いているが、そうなればこの寒空に、すきま風の吹き込む木賃宿《きちんやど》を捜すしかあるまい。

「だいじょうぶよ。旦那のふところは、あたたかそうだもの」

はぐれ夜鷹のお蓮はぬけぬけと言う。

いくら男相手の商売女とはいえ、兵馬の胸元にちょっと触れただけで、お蓮には財布の中身までがわかるのだろうか。

「そんなはずはあるめえ。無宿人のおめえが、おれたちと同じように貧乏なのはわかっている。そりゃ、すこしは持っているかもしれねえが、ここで無理して残り少ねえ銭を出すことはねえよ。今夜は雪の中に穴を掘って泊まればいいだ」

五助は兵馬に船賃を出させたことを気にしているらしい。

「寒かったら、あたしが抱いてあげるよ」

お蓮は屈託のない声で笑った。

「この寒空に、雪の穴で野宿とはぞっとせんな。心配することはない。今夜の宿賃くらいはなんとかなる」

兵馬は話に乗らなかった。

奥州無宿は自信ありげに言った。

「おめえは知らねえかもしれねえが、雪の中は意外とあたたけえんだせ」

五助は奥州白河の生まれだった。

雪の暮らしには慣れているという。

「あたしなんか、真冬だって、薄い肌着一枚で、夜をすごしたこともあるんですよ」

お蓮は眼を細めて、絶え入るような声で言った。

男を誘っているのか。

それとも何かに耐えているのか。

寒々とした一夜が明けたら、はぐれ夜鷹と抱き合って凍死、というわけにもゆくまい、と兵馬は腹の内で苦笑した。

「急に冷え込んできた。日が暮れぬうちに宿をとらねばならぬ」

お蓮が身をすり寄せてきた。

「旦那、無理をしなくてもいいと言っているのに」

柔らかい身体を押し付けるようにして、ぐいぐいと寄ってくる。

兵馬はつい足早になって、

「雪は深い。吹雪の中で、おまえたちと心中するわけにもゆくまい」

お蓮はすばやく追いすがって、兵馬の耳元で囁いた。

「あたしは旦那となら、心中したっていいんだよ」

烈風に吹き乱された髪が、雪に濡れた頬に絡んでいる。

どこまで本気なのか。

「おいおい。五助も一緒なのだぞ」

お蓮は薄く笑った。

「どうせ死ぬなら、にぎやかな方がいいわ。むさい男だけど、いないよりは増しよ」

ようやく二人に追い付いた五助が言った。

「そうさ。雪穴の中に三人が重なり合って寝りゃ、息苦しいほど暑くなるぜ。凍死なんかするはずはねえ」

見かけによらず耳のよい男で、お蓮の囁きを聞いていたらしい。

「あまりぞっとする図ではないな」

兵馬はいつか駒蔵から見せられた極彩色の秘画を思い出した。

二人の男が全裸になった美しい女を愛撫している。三人の男女は秘所もあらわに、どの脚が誰のものか、どの手がどこに伸びているのか、一見してわからないほど、複雑に絡まり合っている。薄く開いた女の唇からは、なま温かい吐息が洩れてくる。

「あら、そうかしら」

　お蓮はけろりとしている。

「気にすることはないわ。あたしはこんな商売だから、そういうことには慣れているのよ」

　兵馬はさすがに辟易して、与太話を打ち切るように言った。

「宿賃はある。案ずるな」

　横合いから五助が口を挟んだ。

「ろくに銭も持たねえ者が、無理をすることはねえ」

　五助は雪穴に固執していた。

「降りたての新雪なら、素手でも深え穴を掘れるだ」

　雪を掘って洞《ほら》を穿《うが》てば、中は意外なほどほかほかとして、たとえ地表を豪雪が吹き荒れても、風は通らないし、寒気も防げるという。

「雪を恐れては雪に勝てねえ」

　五助は兵馬に真顔を向けて、噛んで含めるように言った。

　江戸の無宿人暮らし、奥州の雪穴暮らし、いずれも兵馬の先輩面をするのが、五助の習い性になっているらしい。

「雪はやさしい」

五助は言った。

「白河の関を越えて御領内に入れば、命がいくつあっても足りねえ身だ。人間のたくらみというやつは恐ろしいものさ。それに比べりゃ、雪はやさしい。雪の降る夜はあたたけえことを、在《ざい》の者ならみんな知っている。雪の中には雪の暮らしがある。そうでなけりゃ、生きてはいけねえ。雪を恐れている江戸者が、雪の深い奥州に踏み込もうとは、とんだお笑いぐさというものさ」

口では奥州に戻されることを嫌がっているが、捨てたはずの郷里に近づいてゆくことで、五助はいつもより饒舌になっているらしかった。

四

北へゆくにつれて、積雪は腰を埋めるほどに深くなった。粕壁、杉戸あたりまでは、江戸の雪と変わらない。水っぽくて溶けやすいヤワな雪だ。

宇都宮から大田原に向かうあたりから、雪沓を履いても難渋するほど、重く沈み込むような雪になった。

木賃宿の泊まりを重ねて、人跡も稀な那須野の雪原に出た。

「だいぶ吹雪《ふぶ》いてきたな」

兵馬は急に暗くなった空を見上げた。

広い原野は一面の銀世界で、往来に人もなければ樹林もなく、風にさやぐ竹林もない、荒涼とした雪景色が連なっている。

昨夜はどうにか芦野の宿に泊まれたが、この空模様では、次の宿場町まで行き着けるかどうか。

暗く垂れ込めた濃霧は、白い濁流のように野面《のづら》を這い、烈風に吹き上げられた雪片が、クルクルと狂い舞って、どこをどう進んだらよいのか道筋もわからなくなる。

「どうやら、道を踏み違えてしまったらしい」

兵馬はとうとう音《ね》を上げた。

どこで街道から外れてしまったのか、歩けば歩くほど方向がわからなくなる。

「吹雪く日には、こういうこともめずらしくはねえ。こんなときは無理をしねえで、風が弱まるまで動かねえ方がいい」

奥州無宿の五助は、雪に慣れた在の者らしい口ぶりで言った。

「あんたの言っていたように、今夜の泊まりは雪穴ということになりそうね」

お蓮は屈託なく笑った。

江戸を出てから七日あまり、そろそろ松平越中守の領国に入ってもよい頃だ、と兵馬は思う。

芦野《あしの》から白坂《しらさか》まで三里四丁三十五間、白坂から白河までは一里三十三丁あるという。

ゆき着けぬ距離ではない、と思って吹雪の中を歩いてきたが、どうやら見通しが甘かったようだった。

「今日のうちに白河まで出たいものだが」

この猛吹雪では難しかろう。

兵馬は軽くなった懐具合を心配した。

もう一泊となれば、予定していたよりも経費がかさむ。

白河に着く前に路銀が尽きたら、苦労してここまでやって来た甲斐がない。

「無理だな」

五助は素っ気ない。

「そんなことないよ、旦那。もう一息だからね」

お蓮は深雪《しんせつ》に足を取られ、身を切る風に吹き飛ばされそうになりながらも、兵馬を励ますように、黄色い声を張り上げている。

まだ巳《み》の刻（午前十時）だというのに、にわかに空が暗くなった。

吹き荒《すさ》ぶ風が女の悲鳴のように長泣きしている。

「こう吹雪が激しくては、どうにもならんな」

あたりは白い闇に閉ざされて、どこまでが街道で、どこに断崖が隠れているのか、見わけが付かなかった。

「ここはどこなのか」

あたりは雪に閉ざされている。

白河の関がどの方向にあたるのかもわからない。

いつの間に街道を外れてしまったのか、人通りがないので道を聞くこともできない。

「もう近いのよ」

必死で叫んでいるお蓮の声も、吹きつのる風に飛ばされて、あまり頼りにはならなかった。

「このまま夜になっては、凍死するのを待つばかりだな」

さすがの兵馬も困惑した。

「腹を決めるなら早い方がいい。諦めの悪い奴は長生きできねえ」

先ほどから五助は、野犬のように鼻を突き立て、吹き荒ぶ風の匂いを嗅いでいた。

「どうしたのだ」

問いかけても返事をせず、五助はまるで狂ったかのように、真っ白な雪を蹴立てて飛び跳ねている。

「おかしな男だ」

雪狂いでもしたか、と兵馬が案じても、

「あの人、本気なのよ」

お蓮は気にならないらしかった。

「よし、ここだ」

五助はいきなりその場に屈み込むと、野良犬のように両手で雪を掘りはじめた。

「雪嵐《ゆきあらし》に遭ったとき、生きるか死ぬかは、隠れるための穴をどこへ掘るかで決まるだ」

てぎわよく雪を掘りながら五助は言った。

「こんな激しい吹雪のときは、同じ雪原でも雪の厚さが違ってくる。見誤って吹き溜まりに穴を掘れば、たとえ雪嵐はやり過ごせたとしても、降り積もった雪の重みで、抜け出ることができなくなる」

身を隠す雪穴を掘るにしても、場所撰《えら》びにコツがあるという。

「雪穴を掘って寒さを防ぐには、風の通り道を避けなければならねえ」

そうなれば穴撰《えら》びもかなり難しい。

雪の降る日は夜になるのが早い、ボヤボヤしてねえで、おめえたちも手伝え、と五助に言われて、兵馬とお蓮は雪原に這いつくばって積雪を掘った。

しばらくして横穴が通じると、五助は有無を言わさぬ口調で、

「おめえは穴底を踏み固めて、そこで寝られるようにしてくれ」

お蓮に風の当たらない穴底の細工を命じた。

兵馬がほっとして手を休めると、五助は容赦なく命じた。

「おめえには、まだ力仕事が残っている。屋根瓦のように踏み固めた雪を、穴の周りに積み上げて、どれだけ吹雪が荒れ狂っても、容易に崩れねえ氷の壁を造るのだ」

間抜け面をした奥州無宿の五助は、外貌に似合わぬてきぱきとした口調で、弓月藩剣術指南役鵜飼兵馬を、まるで日雇い人足のように、気安く顎でこき使っている。

五

「ところで、五助」

身動きもままならない暗闇の中で、兵馬は声をひそめて言った。

「そろそろ話してもよいではないか。おまえが御法度破りの『闇の売人』をしていたことはわかっているのだ」

雪洞の天井は脆《もろ》い。

へたに声など出せば、わずかな震動で天井が崩れ、そのまま生き埋めにならないともかぎらない。

そのうえ狭い。

五助の耳朶《みみたぶ》を嚙むようなところに、兵馬の口があるのだから、あえて声を立てる必要はなかった。

とても見られた図ではない、と兵馬は思う。

胸の動悸が伝わるほど、五助と密着した兵馬の背には、寒さに身を縮めた夜鷹のお蓮が、わずかな熱も逃さないよう、ぴったりと抱きついている。

色気も欲気もない男女の乱れ絵図だ。

人肌の温もりで、どうにか寒さをしのいでいるが、このままでは息が詰まって、夜が明けるまで持ちこたえられそうもない。

しかし文句は言えない。

広い雪洞を掘れば、落盤の恐れがあるので、三人の男女が身を入れることのできる、これがギリギリの空間だった。

五助が黙っているので、兵馬はさらに言った。

「これまでおまえはどこにいたのだ。どのような事情があったかは知らぬが、お上に盾突く『闇の売人』とは、ずいぶん思い切ったことをしていたものだな」

飾り気のない五助を知っているだけに、虚を突かれたような気がする。

「そんな大層なものじゃあねえ」

五助はうんざりしたように言った。

「おめえも駒蔵親分と一緒で、人の言ってることを信じねえ口か」

江戸を追放された無宿人のくせに、なぜか兵馬に対してだけは、いつも横柄《おうへい》な口を利いている。

「いや、そういうわけではないが、おまえが密売していた御禁制の品は、始末屋お艶の大首絵であったと聞いたものでな」

兵馬が誘い水を向けると、

「なんだ、そのことか。そうならそうと、初めから言ってくれよ」

五助はすぐに乗ってきた。

「おれが気に入らねえのは、あれほど姐さんの世話になっておきながら、おめえが情なしで義理を欠いているからだ」

またお決まりのお説教か、と兵馬はいささかウンザリしたが、黙って聞き流していると、五助はいまにも泣きだしそうな声で、

「あの気っぷのいいお艶姐さんが、いまはどんな暮らしをしていなさるか、おめえは知っているのか」

奥州白河の潰れ百姓は、なぜかお艶に肩入れして、兵馬のつれない仕打ちに、本気でむかっ腹を立てているらしかった。

「お艶姐さんのことなら、あたしもちっとは知ってるわ」

はぐれ夜鷹のお蓮が、男たちの話に割り込んできた。

「御禁令が出されてから、お艶姐さんは大忙しだったのよ。甲州路地からは灯が消えるし、妓楼で働いていたあたしたちは、職を失っておまんまの食い上げよ。お艶姐さ

んは顔が広いから、あたしたちの暮らしを立てようと、あちこち頼みまわってくれたけど、でもねえ、いくら商売替えをしようったって、男と寝ることしか芸のないあたしたちに、いまさら何ができるっていうの？」

　お蓮が喋るたびに、兵馬の首筋に柔らかな唇が触れ、生温かい吐息で襟元が濡れた。

「こんなあたしだって、甲州路地にいた頃は引く手あまた、ちっとは知られた売れっ子だったのよ。それがいきなり御禁令騒ぎで、あたしたちは借金を残したままお払い箱さ」

　北への旅に出てからは、なぜか口数が少なくなったお蓮だが、いったん喋りだしたら止まらないらしい。

　お蓮は哀調を籠めた調子で、小唄の節に乗せて語りだした。

「食うに食われぬひもじさに、お艶姐さんの口ききで、富岡八幡深川の、茶屋の給仕に出たけれど、そこにもお上の手はのびて、御禁令では立ちゆかず、しょうことなしに追い出され、めぐりめぐって逆戻り、もとの古巣はさびれはて、そうかといっていまさらに、吉原廓《くるわ》の姥捨て山、羅城門河岸にぶち込まれ、腐れ淫売、鼻欠け売女と、蔑まれるのも癪の種、追い詰められて、捨てられて、暮らしを立てる道もなし、どうせならばと居直って、御法度破りは承知のうえで、はぐれ夜鷹に身をやつし、夜ごとに男の袖を引き、どうにか食いつないできたあたしなのさ」

喋り疲れたお蓮は、そのまま一息入れている。

不意の静寂。

胸の鼓動が伝わってくる。

お蓮がわずかに身じろぎした。

兵馬の首筋に柔らかな唇が押し当てられる。

どういうつもりか、お蓮は擽《くすぐ》るように舌を使っている。

ぬめぬめした感触が、濡れた首筋を熱くするが、たがいに密着している五助の手前もあって、兵馬は身動きできなかった。

怒ることも、喜ぶこともできずに、兵馬は無言のまま、お蓮の玩具《おもちゃ》にされている。

外は吹雪いているらしい。

厚い雪の壁を通して、吹き荒ぶ風の声が聞こえてくる。

売られ、慰み物になり、追われた女の、生のありかたが身に沁みた。

生々流転する兵馬の生き方とも、おのずから重なるものがある。

しんみりとした思いで、雪を舞い狂わす風の声を聞いた。

そのとき、兵馬は妙なことに気づいた。

気のせいか、背後の暗闇がわずかに震えている。

くっくっくっ、と忍び笑いが聞こえるのは、お蓮の声に違いない。

どういう女なのか。

お上の意向に翻弄《ほんろう》され、苦界をさ迷う女たちの身の上を、即興の節を付けて唄うように語り、その悲惨さと滑稽さに、自分でもこらえきれなくなって笑っている。

嘘かほんとか、ほんとか嘘か。

はぐれ夜鷹の客寄せか。

たわむれなのか違うのか。

これがお蓮の真情か。

男に狎《な》れた詐《いつわ》りか。

いずれがいずれともわからないが、
顔が見えないので確かめようもない。

あれこれ言葉を探してみたが、
どう対応したらよいのかわからなかった。

「それで、お艶はどうしたのだ」

兵馬は途切れていた話題を本筋に戻した。

「曖昧宿がなくなれば、始末屋も用なしよ。お艶姐さんは入江町を畳んで、どこかに移ったって聞いているわ」

お蓮も詳しいことは知らないらしい。

「でも、お艶姐さんのことだから、どこかで巻き返しを図っていると思う。お上の御威光を振りかざされて、あたしたちはみんな、食うに食えなくなったのに、このまま泣き寝入りするような姐さんじゃないわ」

あの女なら、そうするかもしれない、と兵馬も思う。

「そうか。いつまで経ってもお艶には、渡世の苦労が絶えぬわけだ」

何を背負って生きているかは知らないが、お艶は容易に足抜きできないところまで、踏み込んでしまったに違いない。

「だから、おれは……」

これまで黙っていた五助が、ようやく重い口を開いた。

「すこしでも恩返しするつもりで、姐さんを描いた錦絵を売ったのだ。入江町を追われた姐さんには、暮らしを助ける銭がいる。おれは姐さんの役に立ちたかった。御禁制の品だとか、御法度破りとか、そんな恐ろしいことは何も知らねえ」

五助のとぼけた言い分を聞いて、兵馬は思わず声をあげた。

「お艶の居所を知っているのか」

ゆくえが知れない、というお艶のことが、なぜこれほど気になるのか、兵馬にはよくわからなかった。

五助は意外そうに、

「急にでかい声を出せば、雪の天井が崩れるぞ。おめえと一緒に生き埋めになるのは勘弁してくれねえか」

すかさずお蓮が甘ったるい声で言った。

「あたしは旦那と一緒なら、このまま雪に埋もれてもいいのよ」

どこか冗談とは言えない捨て鉢な響きがある。

はぐれ夜鷹の心中立てか。

死にたがっているのは口実か。

兵馬とは枕を交わしたわけでなし。

死なねばならぬ義理もない。

お蓮のセリフは投げやりで、甘いけれども色気はない。

吹雪の夜にふと洩れた、吐息のようなものだった。

この女は生きる気力を失って、死との境が曖昧な、むなしい日々を生きているのか、と兵馬は思った。

死にたいほどの熱もなく。

生きてゆくのも煩わしい。

遊び女《め》とはよく言ったもの。

何が真意かわからない。

水に映る雲。

闇に舞う雪。

虚と実は錯綜して、いずれがいずれとも分明でない。

女心とは妙なもの。

たわむれ言と思わせて、本音を語ることもある。

はぐれ夜鷹のお蓮とは、
それが習い性になった哀しい女。

お蓮よ、と兵馬は無言のままに呼びかける。

この世に生を受けてから、生きるに値する日々を持たなかったのか。

兵馬にも同じ思いがないわけではない。

ふっと力を抜けば、
何もかも楽になってしまうのだ。
もうこの辺でよいのではないか。
そう思ったことがないではない。
死の淵へ引き込まれるような誘惑だ。
剣に生きる男の言うべきことではないとはいえ、
それが剣の極意とも言えるのだ。
お蓮は何を思っている？
この世に未練はないとしても、
ひとりで死ぬのはさびしかろう。
ともに滅びてやってもよいが、
「そうもゆくまい。五助は嫌がっているようだ」
兵馬は冗談にまぎらせて、気まぐれな女の心中話を断ち切ると、
「ところで、お艶はどこで、何をしているのだ」
話をもとに戻して五助に訊いた。
「人の情けがわからねえおめえでも、すこしは姐さんのことが気になるかえ」

五助はすこし機嫌を直したようだった。

兵馬が黙っていると、

「あたりめえのことだが」

五助は先輩面をして言った。

「そこに気がついた分だけ、おめえはまだまだ見込みがある」

ほめられた兵馬は苦笑して、

「もったいぶらずに話してくれ。おまえはお艶から頼りにされているようだが、入江町を畳んだあとの消息を知っているのか。あの女は御法度破りの浮世絵師と、どのようなかかわりがあるというのだ」

おだてたり、すかしたり、五助の口をほぐそうとした。

岡っ引の駒蔵が、半年かけて追っている闇の動きを、五助の口から聞き出せるとは思わない。

それはわかっているが、せめてお艶の消息だけでも、と兵馬は思う。

五助はあきれ顔をして言った。

「おめえは鈍い男だな。いつまでもまごまごしてるから、あんないい女を、みすみす横取りされてしまったのだ。いまさら騒いでも始まらねえよ」

お艶が横取りされた？

いったいなんのことだ。

「………」

兵馬は激しい感情に揺り動かされたが、それが嫉妬心とは知る由もなかった。

六

「おめえでも狼狽《うろた》えることがあるんだな」

五助は意外そうに言った。

狭苦しい雪洞の中で、互いの身体が密着しているので、兵馬の動揺がじかに伝わってしまったらしい。

騒ぐ鼓動を抑えようと思ったが無駄だった。

「まあ憎たらしい」

お蓮は兵馬の反応を、女の肌で受けとめた。

いきなり兵馬の懐に手を突っ込むと、しなやかな指先に胸毛を搦《から》めて、きいっ、と思いっきり引っこ抜いた。

ぶすっ、ぶつっ。

痛い、と感じたが黙っていた。

「なんて人なの」

お蓮は悔しそうに叫んだ。

「一緒に死んでもいい、と思っているあたしには冷たいくせに、お艶姐さんにはぞっこんなのね」

兵馬の首筋に白い歯が当たった。

思い余った勢いで、お蓮は兵馬の肩口に、本気でがぶりと噛みついた。

歯形が残ったに違いない。

「そういきり立つな。おめえとお艶姐さんでは比べものにならねえ」

五助はお蓮をなだめたが、慰めにはならなかった。

「わかってる。あたしはお艶姐さんほど綺麗じゃない。まともに競争しようなんて思っちゃいないよ」

お蓮は自嘲するように言った。

「それに、江戸を追われた、はぐれ夜鷹じゃ、おさむらいの旦那とは、身分違いもいいところさ。惚れられようなんて、虫のいいことは思っちゃいないよ」

いつか涙声になっている。

「でも、男と女の仲ってのは、そんなんじゃない」

お蓮は口の中で呟くようにくり返した。

「そんなんじゃない」

しばらくは湿っぽい沈黙が続いた。

「死んだっていい、と思えるような相手には、一生に一度だって出逢えやしないさ。たとえ出逢えたとしても、ほんの一刹那の思いにすぎないけれどね」

兵馬の背後から、くっくっくっ、という忍び笑いが聞こえてきた。

「こんなことは、大勢の男たちを知っている、あたしだから言えるのさ。こんな商売をしているけど、一緒に死にたくなるような男なんて、ただの一度だって出逢ったことはないね。大方はただのぼんくら、ナスやカボチャの皮かぶりさ」

お蓮は投げやりに笑ったが、すぐに声をあらためて、

「鵜飼の旦那は、正真正銘、あたしの出逢った唯一の男なのかもしれないね。いくら誘っても、乗ってこないところが憎いけど、あたしのようなひねくれ女は、そんなわけのわからないところに、惹かれるのかもしれないわ」

兵馬の背中に取り縋るようにして、柔らかな乳房を押し付けてきた。

おや、この女、先ほどまでとはどこか違う、と兵馬は思った。

生死の境が定かでない、生きる気力を失っていた、どことなく影の薄い女ではなく、生への執着に取り憑かれた、生臭い女に変わっている。

お蓮を変えたものは何なのか、兵馬にわかることではなかったが、にわかに生臭くなった熱っぽい女体に、背後から抱きつかれることに、息苦しさを覚えたのも確かだった。

「入江町を畳んだお艶姐さんは、おれたちと同じ無宿人に身を落としたが、ただでは転ばねえのが、姐さんの姐さんたるところさ」

お蓮の思いを置き去りにして、五助は始末屋お艶の消息について語りはじめた。

「おめえは、お艶姐さんの米櫃が、空っぽになっていたのを知っているか」

五助の話によると、両国橋のたもとで、無宿人たちに炊きだしの粥を配っていた頃から、お艶は始末屋を畳む覚悟をしていたらしい。

お艶に拾われた奥州無宿は、両国橋の炊きだしを手伝っていたので、始末屋の台所事情には詳しかった。

「お艶に迷惑はかけられぬと、おまえが突然ゆくえ不明になったのは、米櫃の中味を知ったからか」

　五助は黙って頷いた。

「そうか」

　たぶんそうではないか、と思っていたが、やはりそうであったか。

　兵馬は米櫃の中味など気にしたことはない。

「おめえは気が利かねえから、おれがそうしたまでのことだ。食い扶持を減らさなければ、みんなが餓死してしまう。一人減れば一人が助かる。いや、食う物がねえときには、それで十人が食いつなげる。天明の大飢饉を生きのびた者なら、誰もが知っている智慧ではねえか」

　兵馬がお艶のもとを去ったのは、遠国御用の隠密指令が出たからだが、そういえばあの頃から、始末屋にいた若い衆の姿を、見なくなったような気がする。

　そのことには兵馬も気がついていた。

　寛政の御禁令が出てからは、本所深川の岡場所は取り潰されて、女郎たちの首代をつとめる始末屋も用なしになった。

　あの頃、お艶が忙しかったのは、本業の始末屋が繁昌したからではなく、仕事を失った女郎たちに、まともな働き口を見つけてやろうと、あちこち奔走していたからだった。

女侠客として知られたお艶は、夜の色街だけではなく、まっとうな昼の世間にも顔が利いた。

失職した女郎たちは、お艶の口利きで転職したが、夜から昼への商売替えは容易ではなく、多くは長続きしなかったようだった。

はぐれ夜鷹となって、もとの古巣に舞い戻ってきたお蓮も、まっとうな世間になじめなかった女たちの一人だ。

女郎あがりは使いものにならないと、やっと頼み込んだ雇い主から、苦情を持ち込まれることもあった。

女たちの世話をしたお艶としては、まるで砂を嚙むような、虚しい日々であったに違いない。

やがてお艶にも、自分自身の後始末を、つけなければならないときがきた。

「入江町の始末屋を畳んだのは、おめえがなんの挨拶もなく、突然いなくなってから後のことだ。おめえの非情な仕打ちに、姐さんは腹を立てたのかもしれねえな」

そうだろうか。

「お艶はそのような女ではない」

もし怒っているとしても、それはお艶ではなく、恩義を感じている五助の方ではないだろうか。

これまで兵馬はそう信じていたが、あるいは五助の言うことの方が、正しいのかもしれない、といまは思う。

「それをいいことに、おめえは気っぷのいい姐さんを、長いことジリジリ焦らせてきたんだ。武士と非人とは身分が違うなどと、つまらねえことにこだわって、いつまでも踏ん切りが付かなかった。以前のおめえが何様だったかは知らねえが、未練たらしく昔のことを言ってみても始まらねえ。いまのおめえは、おれと同じ無宿人だ。しかも新入りのぺえぺえで、おれの引き回しがなけりゃ、西も東もわからねえ愚図野郎じゃあねえか」

そうかもしれない、と兵馬は苦笑した。

「おまえがいなければ、飢え死にするところだった」

そうだろうか。

「おめえとは、縁あって知りあった仲だ。おめえが一人前になるまでは、面倒みなくちゃならねえと思っているのだ」

奥州無宿の五助は恩着せがましく言った。

いまも兵馬のことを、新入りの無宿人と思っているらしい。

五助は愚直そうな見かけによらず、いつまでも兵馬に先輩風を吹かせて、あれやこれやと口うるさい。

兵馬は五助の勘違いを面白がって、あえて訂正することはなかったが、この男から無宿人の心得を伝授されているうちに、ほんとうの無宿人になったような気がして、ともすれば、おのれの立ち位置までを見失いそうになる。

これはいかん、とは思っても、この奇妙な解放感には抗しがたいものがあった。

「それよりも、お艶のことだ。あの女が、無宿人になっている、というのは、ほんとうのことか？」

無宿人が狩り出されると、浅草溜まりに移されるが、若くて綺麗な女は、吉原遊廓の羅城門河岸に売られ、最下層の女郎として、卑しい男たちの相手をさせられるという。

気っぷのよさで鳴らしたあのお艶が、そのような境遇に落ちてよいはずはない、と兵馬は思う。

お艶のゆくえが気がかりになり、

「浅草溜まりを捜してみたか？」

それを確かめてからでなければ動きは取れない。

言われて五助は怖じ気づいた。

「とんでもねえ。あんなところに近づいたら、無宿溜まりに放り込まれるに決まっている。そんな恐ろしいことができるわけがねえ」

浅草溜まりにぶち込まれるとしたら、どう見ても薄汚れた五助の方に決まっている。

お蓮が横合いから口を挟んだ。

「お艶姐さんには、贔屓筋の後ろ盾があるのよ。たとえ宿なしになったとしても、溜まりにぶち込まれるような、ドジを踏むはずはないわ」

兵馬は思わず、

「お艶を横取りしたというのは、贔屓筋とかいうその男か」

つい声が荒くなった。

「そうでかい声を出すな。雪の天井が崩れたらどうするのだ」

五助に言われて気がついた。

何に苛立っているのだろう。

「エシだよ」

五助が言った。

「なんだって？」

兵馬は問い返した。

五助の奥州訛《なま》りが聞き取れなかったのだ。

「だから、絵師だよ。おめえがぐずぐずしているあいだに、姐さんの大首絵を描いた絵師に、横合いから攫《さら》われてしまったのさ」

五助の眼には怒りが見えたが、それが誰に向けられたものなのか、兵馬にはわからなかった。

七

始末屋から姿を消した五助は、もとの無宿人に戻って、橋の下で暮らしていたが、妙な男の誘いを受けて、大川端にある場末の弊屋《へいおく》に移り住んだ。

「江戸中の橋の下を捜してみたが、五助を見つけることができなかったのはそのためか」

わかってみればたわいもない。

わざわざ瀬田新之介を伴って、兵馬は見当違いのところを捜していたわけだ。

そりゃそうさ、と五助は当然のことのように言う。

「お艶姐さんに拾われて、橋の下の暮らしからおさらばしてみれば、もうあんなところには住みたくねえ、と思うのが人情ってものさ」

五助は兵馬の無駄足を嗤《わら》った。

「おまえを拾うとは、妙な男だな」

そのような物好きは、お艶の他にはいないだろう、と思っていたが、どうやら五助のむさい風貌には、どこか人を誑《たぶら》かすようなところがあるらしい。

「橋の下から拾ってくれた人に、わたしの住まいに来ませんか、と誘われて付いてゆくと、そこが絵師の工房だったというわけだ」

その男は五助のどこを気に入ったのか、さまざまな格好をさせて、みごとな筆捌きで絵筆を揮《ふる》った。

薄墨を使った流麗な描線は、躍るようなしなやかさを持っていたが、紙面に描かれた人物は五助に似たところはなく、役者のようないい男か、そうでなければ、悪逆非道な悪人面にされている。

「ちっとも似ていねえ」

と文句を付けると、絵師は穏やかな口調で、絵心のない無宿人を説得した。

「おまえさんは融通無碍《ゆうづうむげ》、あるいは変化自在《へんげじざい》の外貌を持っていなさる。ここに描かれている絵は、どれもこれも、おまえさんの似姿なのだよ」

奇妙な男だな、と思ったが、絵を描いているときの男には、一種の威厳のようなものが備わっていて、言いなりになっている他はないような、奇妙な気持ちにさせられた。

謎の絵師は、千変万化する五助の表情を、何度も何度も描き直して、厭きることがないらしかった。

「ときには派手な衣裳を着せられたり、裸になって肋骨を描かれたり、女と絡み合った姿勢を取らされたり、いわば絵師のお手伝いをさせられていたわけさ」

この男は一種の狂人らしい、と思ったのは、無宿人の五助から見てさえ、貧窮極まる暮らしぶりで、ひたすら絵を描くこと以外には、暮らしの足しになるようなことを、何もしてはいないらしかった。

「世捨て人か仙人のような老人なのか」

兵馬は訊いた。

どれほど貧しい暮らしをしていても、住むところがあるなら無宿人とは言えない。

貧窮を気にしないのは、悟道に達しているからか。

雲か霞みを食って生きているなら、すでに骨と皮ばかりになった老人だろう。

「とんでもねえ、確かなことはわからねえが、まだ若い男なのだ」

　変人と言われる五助の眼から見ても、よくわからない不思議な男だった。

「これじゃ、とても食っていけない、と思って、絵師が描きためた絵を売って銭を稼ごう、と考えたのは、他でもねえ、このおらの発明さ」

　五助は絵を売ろうとして街に出たが、両国の広小路に筵《むしろ》を広げても、ほとんど買い手は付かなかった。

　あれほど人が多い中にも、この絵を買おうという者は誰もいないのか、と思うと、情けなくて涙がこぼれた。

　五助の眼から見ても、すぐれた絵だと思われるのに、誰一人として、この絵の価値をわかってはくれないのだ。

　おまえさんの身なりのせいだよ、と言われて、絵師の家にあった派手な衣裳を着てみたが、それでも買い手は付かなかった。

　そんなとき、入江町を畳んで、無宿人になったばかりのお艶と、たまたま再会したのだという。

あんた、どうしているの、と尋ねられて、

「銭はねえが、住むところだけはある、と言うと、姐さんは気軽に、あたしもそこに行ってみようかしら、どうせ宿なしになったのだから、住むところさえあればなんとかなるわ、とおっしゃられる。そこで絵師の家に連れてゆくと、お艶姐さんはすっかり絵師の狂人ぶりが気に入って、進んで絵を描く手伝いをしはじめた。言われれば裸になって、どんな姿態でも取るようになった。絵師は食《くら》いつくような眼で、裸になった姐さんを凝視しながら、狂人のように絵筆を走らす。姐さんを描いているときには夜も昼もねえ。飯も食ったり食わなんだり。寝たのか寝ないのかもわからねえ。まるで地獄絵のような暮らしが始まったのさ」

お艶の惚れ込みようは尋常ではなかった。

始末屋を廃業してから、どことなく打ち沈んでいたが、絵師の狂人ぶりを見てからは、ふたたび生気を取り戻して、どんなことにも労を惜しむことはなかった。

絵が売れない、飯が食えない、と五助が嘆くと、

「そんな売り方で売れるはずはないでしょ」

お艶は屈託なく笑って、

「この人ならまちがいなく買ってくれるわよ」

と言いながら、さらさらと絵地図を書いて、大店《おおだな》の旦那たちを紹介した。

五助は絵師の描いた肉筆浮世絵を持って、お艶が指名した旦那たちを訪ねたが、そこでお艶の名を出すと、御苦労なことですな、とかえって労《ねぎら》われ、ほとんど例外なく、結構な言い値で引き取ってくれた。

高額で売れたのには理由がある。

変化自在の五助を下図に用いた芝居絵に混ぜて、お艶の錦絵を一枚だけでも入れておくと、大店の旦那たちは涎《よだれ》を垂らすような顔になって、言い値で引き取るばかりか、さらに色を付けて、もっとないのか、とせがみさえした。

これは寛政の改革の反動として、御禁制の品に稀少価値が出ているからだ、ということを五助は知らない。

これまで売れなかった絵が、急に売れだし、暮らし向きが楽になったことを、素直に喜んでいた。

「姐さんは、あまり嬉しそうではなかった」

むっつりと黙り込んだ兵馬に向かって、五助は気を遣うかのように言った。

お艶がこう呟くのを、五助は聞いたことがあるという。

「大店の旦那たちが大金を惜しまないのは、描かれた絵の価値がわかるからではなくて、あたしの裸を買っているのよ」

お艶の絵が巷間に出まわるようになると、貧窮していた謎の絵師にも、腕のよい彫り師や摺り師を抱えた、有力な版元《はんもと》が付くようになった。

お艶を描いた大首絵が、豪華絢爛《けんらん》な錦絵となって売り出された。

ふんだんに雲母《きらら》を使った、多色刷りの錦絵が摺られるようになると、御禁令に触れる、ということで取り締まりが厳しくなる。

それゆえ、お艶を描いた美人画は、草紙屋などの市場に流れることなく、特定の数寄者《すきしゃ》たち相手の密売、という影の販路を取ることになった。

その頃には、御法度破りの密売は五助ではなく、版元が手配した『闇の売人』たちの手に移っていた。

岡っ引の駒蔵が追っていたのはその連中だが、密売にかけては変幻自在、けっして尻尾を見せない、というのが彼らの誇りと言ってよい。

ところが、と言って五助は溜め息をついた。

「ようやく商売が登り坂になった、と思われたとき、お艶姐さんが消えてしまったのだ。気狂い絵師は落胆のあまり、ほんとうの気狂いになってしまった。絵筆を折って、暗い部屋に引き籠もり、誰とも口を利かなくなる。版元がいくら煽《あだ》てたり賺《すか》したりしても、あの女がいなくては絵筆を持つ気になれない、と突っぱねて、真っ昼間から酒浸りの毎日だ。すこしは貯まった銭金も、湯水の如く流れ出て、かろうじて残されたのは。狭くて汚いあばら屋ばかり、もとの貧乏暮らしに逆戻りさ」

食うに困った五助は、絵師が描き散らしたお艶の下絵を、銭に替えようとしたところを、駒蔵の手下に捕まって、浅草の花川戸までしょっ引かれた。

「あとのことは、知ってのとおりだ」

思い出し思い出し語る五助の話を、兵馬はむっつり顔をして聞いている。

お蓮は無言のまま、少し汗ばんできた兵馬の背中に、柔らかな胸を押しつけてきた。

五助の話は続く。

駒蔵は子分の弥助《やすけ》から、手配中の『闇の売人』を捕まえたと聞き、急いで花川戸に駆けつけたが、土間に転がされている間抜け面を見て、こいつじゃない、と直観した。

奥州無宿の五助。

まんざら知らない男ではない。

お艶に拾われて、始末屋の飯を食っていた野郎じゃねえか。

こいつのことならお見通しだ、と駒蔵は子分どもに怒鳴り散らした。

気の利かねえ田舎者で、ドジで間抜けな唐変木《とうへんぼく》。ずうずうしくて控えめな、融通のきかない石頭。律儀なようで締まりなく、臆病なくせに口うるさい。御法度破りの一味徒党に、加わるほどの度胸もない。五助を後ろ手に縛って拷問にかけ、罪状残らず吐き出せと、型どおりに責めてはみたが、密売というにはあまりにも稚拙で、巧妙な手口を持つ『闇の売人』を、捕らえる手掛かりなど掴めなかった。

さすがの駒蔵も、手応えのない五助の処置に迷って、兵馬の帰りを待っているうちに、なぜか御禁制の品も世上に出なくなり、この一件のほとぼりも、しだいしだいに冷めていった。

お艶が姿を隠してから、気狂い絵師は気が抜けたようになって、あれほど執着していた美人画を、ただの一枚も描かなくなった。

御禁制の品を売ろうにも、売るに値するような品物がなければ、闇の取り引きはなり立たない。

利鞘が稼げないとなれば、仕置き覚悟の密売に、手を出す者などいなくなる。

御禁制破りの一件は、下手人も見つからないまま鎮静し、これに取り組んできた駒蔵は、担当部署からはずされた。

あわよくば、手柄を独り占めにしようと、この一件を追い続けてきた駒蔵は、骨折り損のくたびれ儲け、江戸中に手配した、手下どもの聞き込みも無駄になった。

そうなれば、邪魔になるのは、間抜け面の五助だ。

下手人の隠匿がばれ、十手持ちが島送りにでもなってはたまらない。

進退に窮した駒蔵は、人返し令を楯にとって、五助を在所に送り返す他には、打つ手がなかったに違いない。

お上の御威光なんてそんなものだ。

しかし兵馬はいまもなお、釈然としない思いを抱えている。

「お艶はどこへ行ったのか」

口に出して言ってては見たが、五助もお蓮も無言のままだ。

お艶のゆくえを知る者はない。

八

夜が明けた。

吹雪もおさまったようだった。

いつの間に眠ってしまったのか、兵馬は夢らしい夢も見ないまま、朝らしくない朝を迎えた。

めざめたのは淡い光の中だった。

傍《かたわ》らに眼を遣《や》ると、五助はまだ丸くなって眠っている。

それにしても明るい。

暗闇に閉ざされているはずの雪洞に、淡い光がさし込んでいるのはなぜだろう。

どこかに風の気配を感じる。

雪洞の一角が崩れて、そこから外光が洩れているのだ。

「お蓮！」

ふと気がつくと、はぐれ夜鷹のお蓮がいない。

背中が寒いと思ったが、暗闇の中で感じていたお蓮のぬくもりが、もうどこにも残ってはいなかった。

「どこへ行ったのだ、お蓮！」

兵馬はあたりに視線を泳がした。

にわか造りの雪洞が、ちょうど人が通り抜けられるだけ崩れている。

雪洞の内部を照らす淡い光は、その抜け穴から射し込んでくるものらしかった。

「あの女は、もういねえよ」

眠っていたはずの五助が、寝たままの姿勢で兵馬に言った。

「おめえはぐっすり眠っていたようだが、まだ夜も明けねえうちに、お蓮は絶え入るような忍び音を残して、吹雪の中に消えていったよ」

五助の声は妙に覚めていて、眠っていたものとは思われない。

兵馬は思わず激して、

「おまえは知っていたのか。知っていながら、なぜ止めようとはしなかったのか」

お蓮の失踪を見逃した五助の真意はどこにあるのか。

「おめえは何も知らねえから、そんな口が利けるのだ。あのときの愁嘆場を見れば、あの女を止める気になんかなれなかったさ」

がらにもなく打ち沈んだ声で、五助は言った。

よくわからない。

愁嘆場とはなんのことだ。

吹雪の中へ出てゆくお蓮を、止められなかったのは何故なのか。

しかし、いまは急を要する、そのようなことはどうでもよい。

兵馬はすばやく身ごしらえをして、

「あの女は吹雪の中に消えた、と言ったな。ここは地の果てまで続く、凍てついた荒野だ。このまま放っておけば、あの女は凍死してしまうぞ」

消えた女を追おうとした。

五助は寝そべったまま、起き上がろうともせず、

「もう遅い。凍死するものなら、とっくに凍死しているはずだ」

冷たく突き放したような言い方をする。

「あれこれ言っているときではない」

兵馬は雪洞の外に飛び出した。

しかし、雪の洞窟からは容易に出られない。

兵馬たちが掘り抜いた雪洞の上から、吹雪が運んだ積雪が降り重なって、幾重にも層をなしているからだった。

吹雪が荒れ狂う中を、お蓮はどのようにして、雪の洞窟を抜け出したのか。

雪で造られた洞窟の外には、さらに雪が降り積んで、出口を塞いでいる雪の塊は、容易なことでは動かせない。

風に舞っているときは、羽毛よりも軽いと感じた雪片が、積もれば堅固な氷雪とな

って、まるで岩盤のように重くなる。

雪の重さを感じながら、はね除けはね除け、グショグショと汗まみれになって、ようやく穴の外に這い出ることができた。

一面の雪原だった。

輝く白さが眼に痛い。

あたりには視界を遮るものが何もなかった。

兵馬たちが一夜をすごした窪地は、思っていたよりも積雪は深く、いくら伸び上がっても、腰から下は積雪に埋もれて、身動きさえもままならない。

雪の深さは兵馬の背丈を超えている。

一夜にして人の背丈ほど積もったのか。

それにしても尋常ではない。

これほどの雪を呼んだのはなんだったのか。

「あれは雪女だったのだ」

兵馬の背後から、呪文のような五助の声が聞こえてきた。

「あの女は、雪舞いとともにあらわれ、道行きを重ねるにつれて、さらに激しい吹雪を呼んだ。あれは、雪女だったに違いない」

とぼけたことを言う、と兵馬は思ったが、五助の妄説には、一面の真実が含まれていることも否定できない。

「お蓮はどこへ行った」

兵馬は雪洞の外へ出た。

白く輝く雪原に圧倒された。

暗闇になれていた眼が痛い。

激しい吹雪に吹き消されて、お蓮の足跡はどこにも残されていないようだ。

そうなれば、お蓮を捜すための手掛かりは何もなかった。

「お蓮が雪原のかなたに去ったあと、あれほど激しかった吹雪も止んで、嘘のような静寂が訪れた。不思議と言えば、不思議なことかもしれぬ」

それは兵馬も認めざるを得ない。

五助は呆けたように言った。

「お蓮は雪を呼び、雪とともに去った」

そのとおりだ、と兵馬も思う。

「お蓮は雪女のふるさとに帰っていったのだ」

そこまで飛躍しては、五助の妄想についてゆくことはできない。

お蓮はどこへ行ったのだ。

死に場所を求めて吹雪の中にさまよい出たのか。

それとも、あの女には郷里に帰れない事情があって、途中から姿をくらましてしまったのかもしれない。

兵馬の胸中には、さまざまな思いが駆けめぐった。

お蓮が吹雪の中へ消えたとき、五助はどうして止めようとしなかったのか。

雪に埋もれて死んでしまいたい、と言ったお蓮の言葉には、あの女が伝えたかった真実が、隠されていたのかもしれない。

必ずしも幸せではなかったお蓮という女の、悩める魂から絞り出された、切実な声だったのかもしれないではないか。

その思いを、おれは受けとめてやることができなかった。

兵馬の胸の奥に切ないような痛みが残っている。

あの女は、と兵馬は声に出して呟いてみた。

「この世の者ではなかったのか」

いっそのこと、五助の言うように、雪女と思った方が楽になるのかもしれない。

さながら魔界に迷い込んだような一夜が明けて、
吹雪は去った。
雪女は消えた。
旅路の果てとなる白河の関も、さほど遠いところにあるとは思われなかった。

三章　白　河

一

「おめえの魂胆はわかっている」

いきなり言われてドキッとした。

しかし兵馬は平然として、

「たぶん、気づいている、とは思っていた」

笑みを含んで言い返した。

吹雪の那須野から脱出した兵馬と五助が、奥州白河領に入る頃には、道中を悩ました吹雪も、嘘のようにおさまって、強い陽射しが、白銀色をした積雪に照りつけていた。

五助は眩しそうに眼を細めたが、その顔から呆けたような間抜け面が消え、思いがけない精悍な表情を見せている。

「もう二度と帰ることはあるめえ、と思っていた生まれ在所に、こうして無理やり連れて来られたのだ。おめえが何を考えているのか、おおよその見当は付く」

五助は値踏みするような眼で兵馬を見ている。

「ならば、それなりの覚悟もできておろうな」

兵馬は五助の真意を試すかのように言った。

「おめえの手口に乗ったときから、こうなることはわかっていた」

五助の口ぶりには、ただの諦めとは違った、積極的な意志が籠められている。

ひょっとしたら、手口に乗せられたのは、こちらの方だったのかもしれない、と兵馬は思った。

潰れ百姓のなれの果て、無宿人の五助には、思わずゾクッとさせるような、凄味が加わってきたような気がする。

これまで愚鈍を装っていたこの男は、いまになって正体をあらわしたのだ、と兵馬は思った。

「ようやく腹を据えたようだな。ならば、拙者も本心を明かそう」

雪の照り返しが、ことさら陰翳《いんえい》を深めて、間抜け面をしていた五助の顔は、むしろ悪鬼のような凄味を帯びている。

兵馬は念を押すように言った。

「ただし、拙者の思惑を知れば、そのときから、おぬしは嫌でも拙者と生死を共にすることになる。それは承知か」

五助は緊張した面もちで頷いた。

「拙者との結託を辞さぬ、と申すのだな」

兵馬はもういちど念を押した。

仕方がなかっぺ、と五助は呟いたが、けっして投げやりな口調ではなかった。

「その前に、だな」

兵馬はいつもの磊落《らいらく》な口調に戻った。

「いよいよ越中守の領内に踏み込むのだ。もしも、ということがあるやもしれぬ。いつまでも奥州無宿の呼び名では、地獄の鬼も困るだろう。念のため、おぬしの本名を聞いておきたい」

五助は照れ隠しのつもりなのか、どさ廻りの田舎芝居のような口上を述べた。

「問われて名乗るも烏滸《おこ》がましいが、奥州無宿の五助とは世を忍ぶ仮の名。実の名は、鏡石《かがみいし》の五郎左衛門《ごろうざえもん》。先祖の由来を尋ねてみれば、永禄《えいろく》・元亀《げんき》・天正《てんしょう》の昔から、白河郷の鏡石村に住んでいた、根っからの百姓でがんす」

「ほう。鏡石とな」

鏡石がどのあたりか、兵馬には見当が付きかねるが、潰れ百姓の五助、いや、鏡石の五郎左衛門は、由緒ある百姓の出であるらしい。

「これまで猫を被っていたのだな」

呆れたように兵馬は呻いた。

五郎左衛門の阿呆面は、生まれついてのものなのか、それとも世をあざむくための仮面だったのか。

それを見抜くことができなかった兵馬は、まだまだ武道未熟というべきだろう。

「奥州白河藩の百姓が、なんのために江戸に出て、無宿者の群れに身を投じていたのだ」

兵馬は思わず詰問するような口調になったが、正体を明かした五郎左衛門の顔が、また以前のような阿呆面に戻ったのを見て、それ以上のことを聞くのを諦めた。

「なるほど。おぬしが拙者に付きまとっていた理由《わけ》も、それとかかわりがあるというわけか」

　すると五郎左衛門は、すぐに阿呆面を引っ込めて、

「約束してもらいてえ。白河領内に入ってからも、これまでのように五助と呼んでくださらんか。わしが戻ったことは、誰にも知られたくねえんで」

　きつい顔をして念を押した。

　なんのことか、と思ったが、

「それも、いずれはわかること。そのわけは聞かずにおこう」

　兵馬が軽く請け合うと、

「ありがてえ」

　鏡石の五郎左衛門、いや、潰れ百姓の五助は、拝むようにして手を合わせた。

「北辺の地に住む百姓ながら、おぬしは志ある男とみた。何をたくらんでいるかは知らぬが、邪魔はせぬ」

　兵馬は断言した。

「たくらみなどとは、とんでもねえ。もう二度と帰ることはあるめえ、と思っていた白河に、こうして戻ってくる気になったのも、おめえという腕の立つ男と一緒だからだ。邪魔などころか、どうか助けてもらいてえ」

　これまで兵馬に対しては、なぜか傲慢に振る舞ってきた五助が、めずらしく殊勝な

顔をして手を合わせている。

「おい、おい。よせ、よせ。おぬしが奥州無宿の五助で押し通すなら、拙者もこれまでと同じように振る舞うつもりだ。なにもそう改まることはない。これまでどおりにゆこうではないか」

兵馬は照れ臭そうに笑った。

そうも言ってはおられまい、と兵馬は内心では思っている。

白河藩には潜入したものの、これからの動きを思うと、笑ってすませられるような、安易なことではなさそうだった。

五助、いや、五郎左衛門が、病的なほどに影同心を恐れたり、江戸の無宿人狩りに脅えて、浅草溜りや、石川島の人足寄せ場を忌避《きひ》したことにも、さし迫った理由があったからに違いない。

白河藩の機密を知っているらしい鏡石五郎左衛門は、無宿人の群れに身を投じて、何を調べていたのだろうか。

宿無しとなった兵馬に接近し、妙になれなれしく、また傲慢な態度を崩さなかった五助は、何か期するところでもあったのだろうか。

これまで、間抜けな無宿人、と思っていた五助、いや、鏡石の五郎左衛門が、にわかに謎を孕《はら》んだ人物として、兵馬の前に立ちはだかっているようだった。

兵馬はさまざまな思いをめぐらせてみたが、厚い壁に阻まれたような圧迫感から、容易に逃《のが》れられるものではなかった。

二

奥州への玄関口、と言われる白河は、古来、要衝の地として知られている。

奈良時代には、蝦夷《えぞ》地の境界に、勿来《なこそ》の関、白河の関、念珠《ねんじゅ》の関が置かれ、奥羽の三大関所と呼ばれていた。

しかし蝦夷への脅威が薄れ、せせこましい宮廷政事に明け暮れていた平安末期には、すでに関所としての実体を失っていた。

勿来の関は、東ノ海（太平洋）から奥州に入る海岸線にあり、念珠の関は西ノ海（日本海）の岸辺にあって、蝦夷地に向かう海沿いの道を扼《やく》する関門だった。

いずれの関所も、潮の流れに足を取られ、満ち潮時を避け、引き潮のときを選んで駆け抜ける、海岸の道を遮蔽している。

蝦夷地と境を接する内陸には、太平洋岸から西に向かって、花園山、妙見山、矢《や》祭山《まつりさん》、八溝山《やみぞさん》、那須岳、茶臼岳《ちゃうすだけ》、男鹿岳《おがだけ》、荒海山《あらかいやま》、帝釈山《たいしゃくざん》、燧ヶ岳《ひうちがたけ》が連なっている。

そこからは、南北に走る越後山脈が横たわり、燧ヶ岳から北に向かって、平ヶ岳《ひらがたけ》、中ノ岳《なかのたけ》、谷川岳、白砂山《しらすなやま》、仙ノ倉山が連なって、越後と岩代《いわしろ》の境界を、厚い山塊で隔てている。

越後山脈の突き当たりには、飯豊山《いいでさん》を主峰とする飯豊山地が東西に走り、西の大日岳から北には、月山《がっさん》、湯殿山に連なる朝日岳の山系が連なり、その先にも、西は日本海に落ち込む、なだらかな山塊が続いている。

念珠の関は羽前国と越後国の境界にあって、内地と蝦夷地を分けていたが、水系や地形が入り組んだ海沿いの道は、思いの外《ほか》に難路が続き、大軍を動かすにはふさわしくなかった。

山塊に閉ざされた内陸の道で、一ヶ所だけ南北に開かれているのは、八溝山と那須岳に挟まれた白河の地で、江戸から北へと向かう街道は、東国の北端に広がる那須野ヶ原から、蝦夷地に入る隘路《あいろ》に向かわざるを得ない。

これが奥州街道の果て、すなわち蝦夷地との境界だった。

奈良時代には、そこに白河の関を設けて、蝦夷の南下を防いだが、すでに古代からの軍団が解体され、国軍というものを持たなかった平安末には、北方の要衝と言われた白河の関も、ほとんど用を為さない旧跡となっていた。

文治《ぶんじ》五年（一一八九）九月、鎌倉殿（源頼朝《みなもとのよりとも》）の率いる源氏の大軍が、怒濤の勢いで白河の関を越えた。

奥州平泉《ひらいずみ》に軍を進めた頼朝は、百年の栄華を誇った奥州藤原《ふじわら》氏の四代目、藤原泰衡《やすひら》を滅ぼして奥州を制圧した。

鎌倉の御家人が、守護・地頭として、奥州、羽州に派遣されるようになると、蝦夷地との境界を守る奥羽三関は、北の護りという実用を離れて、歌枕として名を残すだけの、名所旧跡になってしまった。

白河の要衝が、ふたたび脚光を浴びたのは、慶長《けいちょう》五年（一六〇〇）、天下分け目の関ヶ原合戦の前哨戦として、上杉景勝《うえすぎかげかつ》の陣営が敷かれたときだろう。

慶長三年八月、独裁者として君臨していた豊臣秀吉《とよとみひでよし》の死後、しばらくはその遺言を守って、たとえ形式だけとはいえ、五大老、五奉行による合議制が敷かれた。

しかし、実力においては徳川家康《とくがわいえやす》に並ぶ者はなく、家康の暗殺に失敗した石田三成《いしだみつなり》が佐和山《さわやま》に退いてからは、事実上、家康の独裁体勢に入ったと言ってもよかった。

父祖以来相伝の越後から、陸奥会津百二十万石に移封された上杉景勝は、新領の整備を口実に、五大老筆頭・徳川家康の召還令に応じなかった。

慶長五年（一六〇〇）、七月、家康は景勝の違背《いはい》を責め、上杉討伐のため、諸大名を動員して会津に向かった。

景勝は直江山城守兼続《なおえやましろのかみかねつぐ》に命じて白河口を封鎖、家康の率いる東軍を、那須野ヶ原で殲滅《せんめつ》すべく布陣した。

上杉家の家老職にあった兼続は、東軍の先鋒部隊を那須湯山で破り、背後を覗う最《も》上義光《がみよしみつ》の軍勢を山形で撃ち、東から攻め込んできた伊達政宗《だてまさむね》を迎え撃った。

東軍が兼続の仕掛けた罠に嵌《はま》れば、家康は白河口で上杉軍に挟撃され、天下分け目の関ヶ原合戦は、様相を変えていたかもしれない。

会津討伐軍を進めて、大いに軍威を示した家康も、上杉軍が布陣していた白河口を抜くことはできなかった。

那須野における前哨戦では、白河の関に拠った上杉軍の完勝だった。

しかし戦局は急転する。

下野《しもつけ》の小山《おやま》まで軍を進めていた家康は、西国大名を糾合した石田三成の挙兵を知って、好機到来とばかり、大坂へ向けて東軍を返した。

会津は上杉領となってからまだ日が浅く、北東には伊達政宗、北西には最上義光勢が背後をねらっているので、上杉軍は家康の追撃を断念せざるを得なかった。

慶長五年九月、天下分け目の関ヶ原合戦は、両軍の戦闘が始まってから、わずか半日あまりで東軍の勝利に終わった。

家康の大軍を北方の会津に引き付け、西国大名たちの決起を促した、上杉軍の奮闘は無駄だったのか。

そうではあるまい。

古代に設けられた白河の関が、北方を守る要衝であることは、関ヶ原合戦の前哨戦で実証されたわけだ。

天下統一を果たした家康が、風流人士の歌枕にしかすぎなかった白河の関を、奥州の抑えと見たのは当然だろう。

江戸時代になると、親藩譜代《しんぱんふだい》の有力大名が、入れ替わり立ち替わり、白河藩主となって入封している。

奥州への玄関口となる白河藩は、北方の守りとして重要視されたのだ。

寛永《かんえい》四年、丹波長重《にわながしげ》が隣国の棚倉《たなくら》から白河に入封。

寛永二十年、丹波光重《みつしげ》が二本松に移封されると、代わって榊原忠次《さかきばらただつぐ》が上野館林《こうずけたてばやし》から、十四万石で奥州白河に入封した。

慶安《けいあん》二年、榊原忠次は播磨《はりま》姫路に移封となる。

これに代わって、本多忠義《ほんだただよし》が越後水上《みずかみ》から奥州白河に入封した。

天和《てんな》元年、本多忠平《ただひら》は下野《しもつけ》宇都宮に移封される。

代わって宇都宮から松平《まつだいら》（奥平）忠弘《ただひろ》が、十五万石で入封する。

元禄《げんろく》五年、奥平忠弘が出羽山形に移封されると、それに代わって松平直矩《ただのり》が出羽山形から白河に入封してきた。

寛保《かんぽ》元年、松平明矩《あきのり》は播州姫路に移封され、越後高田から松平（久松）定賢《さだよし》が入封した。

この久松家と、徳川家とは、特殊な姻戚関係にある。

家康の父・松平廣忠《ひろただ》の正妻・お大《だい》の方《かた》（伝通院）は、嫡男の家康（康元）を生んだあと、政略の犠牲となって離縁させられた。

実家に帰ったお大の方は、久松俊勝《としかつ》に再縁し、久松家の男子として康俊《やすとし》、定勝《さだかつ》を生んだ。

すなわち、久松康俊と定勝は、天下人となった家康にとって、同じ母から生まれた異父弟ということになる。

定勝は男子に恵まれ、長子の定行《さだゆき》は伊予松山藩主となり、次子の定綱《さだつな》は伊勢桑名藩主となり、三子の定眞《さだざね》は伊勢長島藩主となり、四子の定房《さだふさ》は伊予今治《いまばり》藩主となり、五子の定政《さだまさ》は三河の刈谷《かりや》藩主となった。

天下取りを果たした家康の異父弟の子、ということで、彼らは戦陣の苦労も知らずに領国を与えられた幸運児、と言えるかもしれない。

久松家の子孫には、いずれも家康の旧姓である松平姓を与えられ、御三家に次ぐ親藩の筆頭格に列せられた。

伊勢桑名藩主となった久松定綱から六代あとが、陸奥白河藩に入封した松平（久松）越中守定賢である。

定賢の子が定邦《さだくに》。

松平越中守定邦は、正嫡の男子が絶えて、御三卿の田安家から、英才の誉れ高い定信を、養子として迎えることになった。

十代将軍家治《いえはる》は、病弱のため子宝に恵まれず、次期将軍を御三家・御三卿から迎えなければならない、と取り沙汰されていたときであり、そうなれば、家治との血縁の近さから言って、八代将軍吉宗《よしむね》の次子、田安宗武《たやすむねたけ》が興した田安家か、三子の一橋宗尹《ひとつばしむねただ》が興した一橋家から、十一代将軍が出ることになる。

そのとき幕閣に君臨していたのは、側用人上がりの田沼意次《おきつぐ》で、この能吏は、おのれの政権を揺るがしかねないような、聡明な才子という噂の高い定信を忌避した。

御三卿の次位にあった一橋治済《はるさだ》は、わが子豊千代《とよちよ》（家斉《いえなり》）を将軍家に送り込もうと画策し、田沼意次と結託して、定信を田安家から追い出したのだ。

御三卿の田安家を出て他家を継げば、定信が将軍家を嗣ぐことはできなくなる。

ときに安永《あんえい》三年（一七七四）、松平定信、十七歳の春であった。

そのときから、定信に苦節の時代が続く。

定信が老中首座となって、幕政に返り咲くまでの、十六年間という歳月は、決して短いものではなかったろう。

天明の大飢饉にも、領内からは餓死者を出さなかった『名君』の評判は、北辺に追いやられた定信を、ふたたび幕閣の中心にまで押し上げた。

いまを時めく老中首座、松平越中守定信は、かつて蝦夷地との境界であった、北辺の要衝を守る白河藩主である。

定信は故実を重んじる学者肌の男だった。

久松（松平）家を継いだ定信は、この地に白河藩が置かれた由来を忠実に守って、文武二道を奨励しているわけだ。

それがすこしばかり極端にすぎた。

江戸っ子の反骨が、あてこすりめいた狂歌となって政局を揶揄《やゆ》した。

世の中に
蚊（彼）ほど五月蝿《うるさ》きものはなし
文武（ブンブ）といふて
夜も寝られず

白河（定信）の
清きに魚の棲みかねて
もとの濁りの
田沼（意次）こひしき

しかし、寛政の改革を推し進める老中首座、松平越中守定信は、生来が蒲柳《ほりゅう》の質で、『文』には秀でていても、『武』の方はさっぱりだったはずだ。

三

「おぬしが恐れていた影同心は、白河藩江戸屋敷で憤死した赤沼三樹三郎を最後に、すべてこの世から消えたはずだ。それなのにおぬしは、何を恐れて逃げまわってばかりいたのだ」

五郎左衛門の郷里、白河の北方にある鏡石へ入る前に、これまで解けなかった幾つかの疑念を、ひとつでも晴らしておきたい、と兵馬は思っている。

「逃げまわってばかりいたわけじゃねえ」

五郎左衛門、いや、奥州無宿の五助は、兵馬の問いかけに不敵な笑みを浮かべた。

「おれのように、地遁げして、江戸の無宿人となった者が、他にもいるのかどうか、無宿者たちが塒《ねぐら》にしていると聞く、橋という橋の下を廻って捜していたのだ」

もしそうだとしたら、五助は兵馬が思っていたのとは逆に、影同心を追い詰めていたのかもしれない。

「それで、無宿人たちの中に、国元の潰れ百姓は見つかったのか」

兵馬が問いかけると、五助は低い声で言った。

「うんにゃ、誰もいなかった。代わりに見つけたのが、おめえだ」

兵馬は苦笑した。

「ありがた迷惑な話だな」

それでは知らないあいだに、この男から試されていたというわけか。

兵法不覚、と言う他はない。

「おれは容易に他人を信じねえタチだ。二本差しには酷い目に遭っている。おめえがどんな奴か、この眼で見極めるまで、しつこく付きまとっていたのだ」

ずけずけと、言いにくいことを言う奴だ。

何を見極めたというのか。

兵馬はつい皮肉な口調になって、

「拙者のどこを、お気に召してくれたのかな」

五助の意図がわからなかった。

わからない、というより、これまで兵馬は、間抜け面をした五助のことなど、気に留めることもなかったのだ。

五助は兵馬のどこを見ていたというのか。

これまでは気にもしなかったが、いまとなっては妙に気になる。

五助は面倒臭そうに言った。

「おれもお人好しだが、おめえもお人好しだ。たがいにお人好し同士なら、よく言う馬が合うってことかな」

それを確かめるために、ことさら間抜け面をしていたと言うのか。

兵馬は腹立たしげに、

「はっきり言って、迷惑な話だ」

吐き捨てるように言った。

他人から試されるのは好きではない。

兵馬の眉間がピクリと動いた。

あぶない瞬間だった。

もし駒蔵がこの場にいたら、血の雨が降るぞ、と震えあがったことだろう。

しかし五助は意に介さなかった。

「そう怒るな。おめえの魂胆がわかるまで、すこしばかり手間取っただけのことだ」

聞き分けのない子供でもあしらうように、平然とした顔をして五助は言った。

あれほど影同心の影に脅えていた五助、いや、鏡石五郎左衛門が、凄腕の用心棒と言われてきた兵馬を恐れてはいないらしい。

「おめえの知りてえことは教えてやる。おれの知りてえことを教えてもらいてえ。これでおあいこというものだ」

五助は狡賢《ずるがしこ》そうな眼をして、どうだ、と言わんばかりの顔で兵馬を見ている。

兵馬は憮然として、

「拙者には、教えるほどのことは何もない」

わざわざ奥州白河までやって来たのは、昨年の暮れ、遠国御用で大坂に密行したとき、蔵屋敷で芽生えた疑念を、この地で確かめてみるためだった。

五助の知りたいことなど、初めて白河を訪れた兵馬が知るはずはない。

「隠さなくてもいい。おめえは知っているはずだ」

五助は不気味な笑みを浮かべた。

「それに、おめえでなければ、できねえことがある」

そう言われて、兵馬にも五助の狡猾な腹の内が読めてきた。

やれ、やれ、と思って兵馬は落胆した。

「つまり、おぬしの、用心棒になれ、ということか」

気安く思ってもらっては困る、と腹も立ったが、試されていたのは剣の腕か、とわかれば、この男との付き合い方も単純になる。

五助はいけしゃあしゃあと、

「潰れ百姓の五郎左衛門には、凄腕の用心棒を傭うような銭《ぜに》はねえ。そのことを承知の上で付き合ってもれえてえ」

言いにくいことを、平気で言う図々しさに、さしもの兵馬も辟易して、

「もう何も言うな。ここは敵地だ。壁に耳あり、障子に眼あり。野に風評あり。われらはすでに見張られていると思った方がよい」

いくら五助が間抜け面をよそおっても、顔見知りの多い白河領内に入れば、鏡石の五郎左衛門であることを、隠しおおせるものではあるまい。

そのときはどうするのか。

「拙者の剣など、あてにしない方がよいぞ」

これが江戸の賭場なら、凄腕の用心棒という脅しも利くが、兵馬の腕を知らない白河藩では、いざとなればひと睨みで片が付く、というわけにはいかないだろう。

「これから、何をするつもりか知らぬが、古法に厳格な越中守の領内で、面倒は起こさぬ方がよい」

つまらぬ争乱に巻き込まれて、この土地の者を斬れば、その後が却《かえ》って面倒になる。

「あえて争うつもりはねえ」

五助は、いや、鏡石五郎左衛門は、何もかもわかっているという顔をして、路傍に積み上げられた雪の壁を、掻き分けるようにして進んでゆく。

「どこまでも脱けられない迷路のようだな」

細い道の左右に掻き寄せられ、うずたかく積まれた雪の壁は、わずかな光にも銀白色に輝いて、道ゆく者の視界を遮断している。

「だから雪の日を選んだのだ」

五郎左衛門は低い声で呟いた。

「このあたりには、雪の中を出歩くような閑人はいねえ。おれたちがどこへ行こうと、怪しまれる気遣いはあるめえ」

五助の言うとおりだった。

白い雪帽子を被った、重たげな藁葺き屋根の民家が、軒を連ねている集落に入っても、まるで無人の村のように、人声も無く静まり返っている。

四

しかし、五郎左衛門が帰ってきたという噂は、鏡石一帯に広まっていたらしい。

もう夕刻に近かった。

真っ白い雪原に、黒い斑点が、遠くまばらに、散っているように見えた。

あれはまちがいなく人影であろう、さては討手の待ち伏せか、と用心棒役の兵馬は、思わず身構えたが、それはすぐ杞憂に変わった。

近づいても殺気は感じられない。

むしろ懐かしそうな気配がある。

それがなぜなのか、兵馬にはわからない。

新たなる疑問が生じる。

五郎左衛門とは何者なのか。

たとえ生まれ在所に帰ったとしても、地遁げした潰れ百姓の帰還を、歓待してくれる者などいるはずはない。

郷里の鏡石では、どのような立場にいた男なのか。

黒い斑点がわずかに動いた。

「もし、そこのお人」

低い遠慮がちな声で呼びかけてくる。

遠くから黒い斑点に見えたのは、雪中の寒さを防ぐために、色褪せた蓑笠を着ているからだった。

数人の男たちが、たがいに先を譲り合うようにして、モジモジしている。

そのうちの一人が、恐る恐る声をかけてきた。

「そこのおめえさまは、もしや、五郎左衛門さまではごぜえましねえか」

いつもの間抜け面をしていた五助が、おもむろに腰をのばして頷いた。

「そうだ」

すると男たちの間にざわめきが起こった。

やはり、とか、それにしても、すっかり面変わりして、などと呟きあう声が、ざわざわと聞こえてくるが、声の抑揚にはこの土地特有の癖があって、はっきりとは聞き取りづらい。

しかし、驚いたな、と兵馬は狐につままれたような気分だった。

あの間抜け面の五助が、ここでは尊敬されているらしい。

いや、この男は、奥州無宿の五助ではなく、代々この地に土着してきた百姓、鏡石の五郎左衛門なのだ、と改めて思い直す。

それにしても、鏡石五郎左衛門とは何者なのか。

あの男たちは何を戸惑っているのか。

兵馬は黙って見守っている。

ようやく話がまとまったのか、蓑笠を付けた百姓たちが、小腰を屈めて挨拶にきた。

「これは、これは、五郎左衛門さま。よくもまあ、ご無事で」

口ぶりから見て、ただの水飲み百姓とは思えない。

鏡石村の大人百姓だろう。

「みなも、無事だったか」

五郎左衛門は、いつもの間抜け面を捨てると、意外にも威厳のある顔になって、おずおずと集まってきた百姓たちに呼びかけた。

「なんとか生きのびてはおりますが」

瘠せた百姓は鼻水を啜った。

「これが無事と言えるかどうか」

もう一人が言った。

「とにかく、この冬を越せたらと」

三人目が黙って頷いた。

「いくら腹がへっても、来年の種籾《たねもみ》まで食うわけにもいかず」

四人目の百姓が愚痴をこぼした。

「もともと銭には縁のねえ暮らしだから」

強気なのか、弱気なのか、どちらともわからないことを言っている。

「いまではもう、まともな食い物の味も忘れて」

ひもじそうに言った。

「空きっ腹を誤魔化すために、軒先に積もった雪を食っているような始末で」

無理して笑おうとしても、瘠せた喉元に力がなかった。

「だが、あの頃のことを思えば」

五人目の男が、赤い眼を潤ませた。

「こうして生きているのが、不思議なくらいで」

「あのときの災難は、思い出してもぞっとする。生きながら地獄を見なければならなかった。いっそ本物の地獄の方が、ましでがんした」

天明の大飢饉のことを、言っているのだと、兵馬はすぐに察した。

あれから、もう何年にもなろうというのに、まだ復興の目安も立たないというのか。

打ち続く天災と人災の連鎖。

大飢饉の痕跡はいまだに深い。

六年前のことだった。

天明三年七月五日、夜の亥刻《いのこく》（午後十時）、信州浅間山《あさまやま》が噴火した。大地は鳴動し、火口は赫々《かくかく》と燃え、赤い熔岩を噴き出し、黒煙が天空を覆い、昼なお暗い闇黒の日々が、七日間あまり続いたという。

火口から流れ出た熔岩は、山嶺の村々を次々に焼き、逃げ惑う人々を呑み込み、かろうじて河に逃れた人々も、煮えたぎる濁流に押し流され、千曲川《ちくまがわ》、利根川水域だけでも、二万を越える死者を出したという。

翌々日から降り出した泥の雨は、緑の大地を黒褐色に変えた。

炸裂した火口から噴出する、火山灰や火山礫《れき》で、河は埋もれ、家は潰された。

灼熱の火石が、収穫を待つばかりだった田畑を、朽ちた枯れ葉のような焼け灰で埋めた。

浅間山噴火の降灰は、周囲およそ十余ヶ国に及んで、関東・甲信一帯の農作物を、黄褐色に枯らしたという。

浅間山の噴火は、三十数里離れた江戸にも、厚さ一寸余の火山灰を降らせ、さらに百二・三十里も離れた仙台にまで、飛灰したという記録がある。

浅間山の大噴火と、それに連動する天候の不順が、寒冷地における農作物の収穫を、妨げたのは言うまでもない。

打ち続く旱魃《かんばつ》と寒冷は、天明三年から五年にかけて、連年の飢饉をもたらした。未曾有《みぞう》の大飢饉は、奥州・羽州の全域に及び、餓死者の総数は、十三万人余に及んだという。

そのとき奥州白河藩では、家督をゆずられた若き藩主（松平定信）が指揮を執って、領内から餓死者を出さなかった。

しかし、五郎左衛門を出迎えた鏡石の百姓たちは、安穏として餓死を免れたわけではなさそうだった。

「去るも地獄、残るも地獄とは、あのときのことであったな」

五郎左衛門は感慨深げに言った。

「わしらは、御城下へ向かうおめえさまを、ただ黙って見送るだけだった」

年配の百姓が、絞り出すような声で言った。

「一緒に行く者は誰もなかった」

もう一人が、もそもそと続けた。

「さぞかし恨んだことでがんしょう」

五郎左衛門は、むっつりとしたまま首を横に振った。

「そんなことは忘れた」

三人目の男が、おずおずと言った。

「忘れられることではなかった。残されたわしらは、あれからずうっと、居たたまれねえ思いをしてきた」

五郎左衛門は何も言わない。

「結局は地獄を見ることになったが」

四人目の百姓が、おずおずとした口調で言い添えた。

「あのとき、生きのびることができたのは、おめえさまのお陰だと思っている」

三人目の男が反駁した。

「しかし、生きのびてよかったかどうかは別なことだ」

五人目が同調する。

「いまだって、あの頃と、ちっとも変わりはしねえ。わしらはいつも、ぎりぎりの暮らしをしているのだ」

年配の百姓が不安そうに言った。

「それにしても、せっかく逃げおおせた五郎左衛門さまが、どうして戻って来なすったんで」

二人目の男は眼を瞬《しばたた》いて、

「あぶねえ、あぶねえ。こうして集まっていることが、お城のさむれえ衆に知られたら、どんな目に合わされるかわからねえ」

心配そうにあたりを見わたした。

「五郎左衛門さまの、隠れ家は用意してあります」

三人目の男は声をひそめた。

「そこでしばらく、目立たねえようにしていてくだせえ」

五人目の百姓がつけ加えた。

「お願えだから、城のさむれえ衆が来ねえうちに、鏡石から姿をくらましてくだせえ」

年配の男は、それでも不安らしかった。

「おめえさまは、帰って来ねえ方がよかった」

二人目の男が溜め息をついた。

「これ以上の迷惑は、かけねえでもらいてえ」

初めは言いにくそうだったが、いちど口に出したからには止まらない。

「おめえさまの捨てた田畑を、無理やり割り当てられて難儀している」

五郎左衛門の払った犠牲も、村へ残った者たちに、喜ばれているわけではないらしかった。

「正直なところ、てめえの田畑を耕すので精いっぱいなのに、五郎左衛門さまの地所までは、とても面倒を見きれねえ」

生まれ在所を捨てた五助の帰還は、やはり、歓待されているわけではなかったようだ。

「その分だけ、年貢も余計に取られるのだから、わしらにとっては、骨折り損のくたびれもうけ。どう転んでも、お城の損にならねえようにできているのさ」

天明の大飢饉は乗り越えたものの、百姓たちの暮らしぶりは、かえって苦しいものになっているらしい。

五郎左衛門は苦渋の色を浮かべて、

「わしの田畑を、おめえたちに譲れば、なんとか食い繋げる、と思っていたが、かえって負担になっていると言うのか」

落胆したように言った。

「そんなつもりで、言ったんじゃやねえ。どうか悪く取らねえでくだせえ」

四人目の百姓が、哀願するように両手を合わせた。

「連年の飢饉にも、どうにか生き残れたのは、五郎左衛門さまのお陰でがんす。決してその恩を忘れたわけではねえ」

　年配の男が震える声で言った。

　目深く被った菅笠の下に、銀色の白髪が光っている。

「おめえさまが戻ってきたことは、もう鏡石中に知れわたっている。誰に見られているかわからねえ。はやく隠れ家に行きなせえ」


　三人目の男が案内に立った。

　夕暮れはすでに始まっていたが、日没後もあたりは雪明かりで白々としている。

　腰よりも深い雪を掻き分けながら進んで行くと、ゆるやかな斜面にさしかかった。

　ゆくてには白々とした雪の壁が、立ちはだかっているように見えた。

「これは村へ行く道ではねえようだな」

　五郎左衛門が訝しそうに言った。

「村の中では隠れ家にならねえ」

　三人目の男がぶっきらぼうに言った。

「ゆく先は、山の中腹にある炭焼き小屋だ。あそこなら、冬場に近づく者は誰もいねえ。食い物と薪は用意してあるで、あまり動き廻らねえようにしてくだせえ」

五郎左衛門は憮然として、

「そういうことか」

百姓たちの真意を見極めたように黙り込んだ。

手配書の廻っている五郎左衛門が帰ってきたと、城のさむらいたちに知られることを恐れているのだ。

地遁げ百姓を村中《むらなか》に匿っては、鏡石の百姓たちには迷惑になる、というのが本音だろう。

兵馬は終始、無言だった。

鏡石の百姓たちは、五郎左衛門が連れてきた浪人者を、あまり気にしていないらしく見えた。

それは兵馬が『無の境地』に達したからなのか、あるいは、奥州無宿の五助がそうであったように、鏡石の百姓たちには、武士を武士とも思わない気質を持っているのか、確かなところはわからない。

影になりきることが、御庭番宰領の極意だとしたら、『無の剣』を会得した兵馬の所作は、孤独な剣の道における、みごとな達成と言えるのかもしれない。

五

「こうなったら、すべてを話すしかねえようだ」

炭焼き小屋の囲炉裏に坐り、乾いた粗朶《そだ》を折り焚きながら、何故か思い屈したような顔をして、五郎左衛門は言った。

小屋の中央に切られた囲炉裏には、バチバチと勇ましい音を立てて、真っ赤な火焔が燃えている。

鏡石の百姓たちが言ったように、米櫃の中には五合五勺の米があり、囲炉裏で焚く薪の束も用意されていた。

水は凍るから、汲み置きはないが、軒まで積もった雪を溶かせば、土鍋で飯を炊くには不自由しない。

米櫃に入れられた粗挽きの米は、五合五勺しか無かったが、これだけの米を供出した百姓たちは、冬場の飢餓に耐えなければならないだろう。

自分たちの食う物さえないのに、無理をして穀物を誂えたのは、隠れ家を用意した百姓たちが、よほど五郎左衛門に傾倒しているからなのか。

それともこの地には、自分たちは食わずとも、遠来の客人《まれびと》を歓待するという、もてなしの伝統があるからなのか。

「おぬしは人望があるのだな」

兵馬は皮肉ではなく言ったのだが、五郎左衛門の顔色は冴えなかった。

「おめえは『死に米』ということを知らねえから、そんな暢気なことを言っていられるのだ」

ほとんど抑揚のない声で、五郎左衛門は言った。

見ると暗闇の底でも覗くような、暗く虚ろな眼をしている。

「百姓は米を作っても米を食えねえ」

五郎左衛門は低い声で呟いた。

「どういうことだ」

兵馬は訝しげな顔をして問い返した。

「ねえものは食えねえ。城に年貢を納めた後の余り米は、渡り者の米商人《あきんど》が来て買い叩く」

吐き捨てるように五助は言った。

「百姓が銭を稼げるのは、年に一度のそのときだけだ。来年の秋が来るまでは、年貢の余り米を売って得たわずかな銭を、ちまちまと遣り繰りしながら、息も絶え絶えになって暮らしているのだ」

兵馬は理不尽さを覚えて、間の抜けたことを問いかけた。

「米を食わずに何を食うのだ」

五郎左衛門は失笑して、

「米を売れば銭になる。米を作っている百姓は米を食わず、銭にならねえ粟《あわ》や稗《ひえ》、荒れ地に生えた蔓芋を食うのだ。それが百姓の暮らしというものだ」

ただし例外があって、と五郎左衛門は言った。

「鏡石には古くから、死ぬ者には、米を食わせる、という風習がある」

それが『死に米』というものなのか。

兵馬は驚いて、

「ならば、櫃の中に米があるは、おぬしに、死ね、という意味か。それとも、死が迫っている、という警告なのか」

六年前に地遁げした五郎左衛門と、鏡石村の大人百姓には、言うに言われない因縁があるようだった。

「わからねえ」

五郎左衛門は首を振った。

「もう影同心はいねえのだから、いまさらおらを売ったところで、なんの手柄にもならねえはずだ」

五助が恐れていた影同心、青垣清十郎も、赤沼三樹三郎も共に死んだ。

白河藩の秘密も、彼らと一緒に葬り去られたと言ってよい。

名君の評判を得た当主の定信は、めでたく老中首座となり、さらに将軍補佐となって、幕政の中心に坐っている。

いまさら小物などには眼もくれまい。

無宿人に身を落とした五郎左衛門を、ひそかに殺そうとする者など、どこにも居ないはずだった。

それなのに、『死に米』が用意されているは何故なのか。

兵馬は言った。

「どうやらこの隠れ家も、安住の地でないようだな」

百姓たちが掻き集めた、なけなしの米など、暢気に食っている暇はない。

「ここへ案内してきた百姓は、かなり屈折した思いに苦しんでいるようであった。あのあいう手合いは、悩みに悩んだ末に、訴人となることが多い」

五郎左衛門は頷いた。

「さすがに、おめえは目端が利くお人だ。あいつは一度、裏切っている。この六年間というもの、それを苦にしてきた男だから、切羽詰まったときには、同じことを二度やるかもしれねえ」

五郎左衛門はそう言うと、百姓らしからぬ不敵な笑みを浮かべた。

「わかっているなら、早くこの場を離れた方がよい」

兵馬が促しても、五郎左衛門は、ふてぶてしいことを言った。

「あいつが裏切るかどうか、どう考えても、五分と五分。あわてて逃げ出すには及ぶめえ。それより、せっかく用意された『死に米』だ。今生《こんじょう》の思い出に、腹いっぱい食わしてもらおうじゃねえか」

五郎左衛門は、米櫃の米を土鍋に移すと、軒先に溜まった雪を掻き入れて、じゃりじゃりと音を立てて磨ぎ出した。

「いい音だ。久しぶりに聞く米の音だ。これで、いつ死んでも悔いはねえ」

兵馬は呆れ果てて、

「おぬしは腹のすわった男だな。とても潰れ百姓とは思われぬ。いまどきは武士の中にも、おぬしのような根性を持つ者はなかなかおらぬ」

感嘆か皮肉か、どちらともつかないことを言っている。

五郎左衛門は白濁した磨《と》ぎ汁を土間に捨てた。

「おめえの考えはまちがっている。潰れ百姓だからこそ言えることだ。居食いをしているさむれえに、生き死にのことがわかるものか。自分で物を作り出すことをしねえ者に、まともな根性など育つはずはねえ」

兵馬は黙り込んだ。

いまも武士の矜持だけは持ち続けているが、はったりと威嚇を売り物にする用心棒稼業が、世のため人のためになっているとは思えない。

まして御庭番宰領は影の働き。世にも人にも知られることはない。

無用者、と言われてしまえば、それまでのことだ。

五郎左衛門は、米を磨ぎ終わると、新しい雪を土鍋いっぱいに掻き入れ、『死に米』を食う儀式にも似た、炊飯の仕度に取りかかった。

焼け焦げた土鍋の鉉《つる》を、囲炉裏に吊った自在鉤に掛け、薄汚れた閉じ蓋の上から、平たい漬け物石を重しに乗せた。

「これでよし。『死に米』が炊けるまで、待たなきゃならねえが、それまでの退屈しのぎに、打ち明け話でも聞いてくれ。おらの話の筋道が、どこまでおめえの魂胆と重なり合うか、比べてみるのも悪くはあるめえ」

一息入れた五郎左衛門は、野武士の頭目のような顔をして、赤々と燃えている囲炉裏の傍らに、どっかりと大胡座《あぐら》を組んだ。

そうか、と言って、兵馬は乾いた薪を折り足した。

赤い炎がパチパチと燃える。

「拙者の魂胆、などと言っても他愛ないもの。陸奥《むつ》、出羽《でわ》、東国の一帯を襲った天明の大飢饉に、奥州白河藩から餓死者が出なかった理由《わけ》を知りたいだけだ」

なんの前置きも衒《てら》いもなく、兵馬は核心だけをさらりと言った。

五郎左衛門はしばらく無言のまま、両手で握った鉄製の火箸で、囲炉裏の焼け灰を乱暴に掻き廻している。

しばらくしてから、

「いまさら知ったところで何になる、と言いてえところだが、おれが影同心に狙われる原因となったのは、白河藩御用達の米問屋で、城方のからくりを裏付ける裏帳簿を、たまたま見てしまったからなのだ」

にわかに苛々した口調になって、五郎左衛門は言った。

「そうか。やはり、そういうことだったのか」

兵馬の脳裏では、これまでに見聞したさまざまな事象が、めまぐるしく離合集散して、思いがけない事件と事件が、ほとんど一瞬にして繋がり合った。

本所深川が冠水した笹濁りの日に、倉地文左衛門と舟を出した大川（隅田川）の上流で、鮎の代わりに釣り上げた斬殺死体。

謎の女駕籠から投げられた金襴の匂い袋。

死微笑を浮かべた絶世の美女。

闇に匂う伽羅《きゃら》の香り。

白河藩江戸屋敷に斬り込んだ、微塵流の遣い手。

これらの謎が、どう繋がっているのか、初めは兵馬にもわからなかった。

いまになってみれば、間抜け面をした奥州無宿の五助が、すべての鍵を握っていたのかもしれない。

気づくのが遅すぎた、と兵馬は思う。

奥州白河藩では、陸奥、出羽・関東の諸藩が苦しんだ天明の大飢饉に、領内から餓死者を出さなかったという。

凶作が続いた天明三年十月、養父定邦から家督を譲られ、勇躍して藩政改革に取り組んだ、若き藩主の善政と言われている。

その裏には、あるときは密偵、またあるときは刺客となって暗躍した、影同心の働きがあった。

天明の大飢饉を乗り切って、名君の評判を得た白河藩主は、天明五年（一七八五）には幕閣に迎えられて溜《たまりの》間詰《まづめ》となり、天明七年には老中首座、天明八年には将軍補佐となって幕政を掌握した。

用ずみとなった影は消さなければならない。

互いの正体を知ることのなかった影同心は、藩の密命という名の下に、それぞれが刺客となって殺し合った。

檻の中で共食いする野獣たちのように。

どこから下された密命なのか、暗殺者たちにはわからない。

すべては闇から闇へと葬られる。

最後に残った二人の影同心、赤沼三樹三郎と青垣清十郎は、人跡まれな大川の上流、鹿濱《ししはま》の河原で、追いつ追われつした五年間の暗闘に決着を付けた。

微塵流の赤沼三樹三郎と、天流を遣う青垣清十郎。

いずれも剣の腕は互角。

激しい豪雨の中、死闘は半刻に及んだ。

斬られた清十郎は濁流に呑まれた。

わずか紙一重の差で、赤沼三樹三郎が生き残った。

しかし、三樹三郎と清十郎の藩籍は、すでに五年前から抹殺され、藩の密命を受けたその日には、どちらも亡者の数に入っていたのだ。

死者と死者が殺し合う。

残酷で悲惨な図だ。

五年の歳月を費やした、清十郎との死闘はなんだったのか。

すでにこの世の者ではない亡者と亡者が、命を賭けて斬り合うという、滑稽で無益な行為にすぎなかったのか。

藩の密命とはなんだったのか。

人の嫌がる汚い仕事を押し付けられ、利用され、翻弄され、塵芥《ちりあくた》のように捨てられた、と知った三樹三郎は、白無垢姿で江戸藩邸に乗り込み、密殺しようとする藩士たちを斬りに斬って、白河藩上屋敷を血に染めた。

危急を告げる御庭番家筋、倉地文左衛門の依頼を受けた兵馬は、やむなく有情の剣をふるって、血狂いした三樹三郎を斬った。

しばらくして、兵馬は遠国御用の旅に出た。

廃止令が出た納宿《おさめやど》の動きを調べるため、御庭番倉地文左衛門に随行して、大坂の蔵屋敷街に潜行したのだ。

そこで兵馬が隠密裏に探り出したのは、天明三年の大飢饉に関する白河藩の記録だった。

大坂蔵屋敷の記録と、五郎左衛門が見た裏帳簿を照合すれば、からくりの仕組みが見えてくるはずだった。

「もしそれが本当なら、おぬしの証言は幕政を覆《くつがえ》すほどの大事になるのだぞ」

兵馬の脅し文句にも、五郎左衛門は動揺を見せなかった。

「しかし、それだけでは、どうにもならねえ。秘密文書と言っても、おれが盗み出したのは、影同心の刀で裁断された一枚の紙切れだけだ。からくりの全体が見えていねえから、藩の機密などと言われても、さっぱりわけがわからねえのだ」

ようやく核心に迫ってきた、と兵馬は思った。

だが、それを聞き出すだけの時が、まだ残されているのだろうか。

もし鏡石村の百姓が、五郎左衛門を密告したとすれば、囲炉裏に掛けた『死に米』が炊ける頃には、炭焼き小屋は藩兵に包囲されているはずだ、と兵馬は思う。

兵馬は心気を凝らして、分厚い板壁を通して外の気配を覗《うかが》った。

しかし、人の近づいてくる気配はない。

五郎左衛門は続けた。

「どうして影同心に付け狙われたのか、その辺がよくわからねえのだ。おめえの魂胆が、事の真相を知りてえ、ということなら、おめえとおれ、両方を摺り合わせてみれば、話はどこかで繋がるかもしれねえ」

あわてる風もなく、のったりとした口調で、五郎左衛門は言った。

「風が出てきた」

六

浅間山の大噴火があった天明三年（一七八三）は、長雨、洪水、大風に襲われ、天空を覆った黒い噴煙が、広範囲にわたって陽光を遮った。

そのため、冷害に苦しんだ奥州と羽州では、それぞれの地域で、突発的な打ち毀《こわ》しが起こっている。

江戸幕府の正史『徳川実紀《じっき》』には、七月八日に勃発した信州浅間山大噴火の惨状が、かなり詳細に記載されている。

立ちのぼる噴煙、灼熱した熔岩、降り積もる火山灰。

噴火の被害は甚大で、火山の爆発による死者は、二万余人を越えるという。

これは私的な記録だが、『工藤家記』を見ると、飢餓に苦しむ陸奥国津軽郡では、収穫期を迎える七月になっても、稲は青立ちしたまま穂は育たなかった。

稲作地帯の最北端、と言われる津軽領の各地に、追い詰められた窮民たちの打ち毀しが、散発的に飛び火してゆく。

七月二十日、弘前領青森湊《みなと》で、年貢米の津出しに反対して、積荷を扱った米屋を襲う打ち毀しがあった。

津軽領民が飢えているのに、百姓から搾り取った年貢米を地元に残さず、金になる江戸や大坂に積み出すのを、力ずくで阻止しようとしたものだ。

百姓は米を作っても米を食えない、と言った鏡石五郎左衛門の憤懣と、打ち毀しの言い分は一致している。

それから二日後の七月二十二日、津軽郡鰺《あじ》ヶ沢《がさわ》町でも打ち毀しがあった。

七月三十日には、深浦町にも打ち毀しが起こる。

夏が過ぎても稲穂は稔らず、連年に及んだ天明の大飢饉は、すでにこのときから始まっていたのだ。

打ち毀しは、富の均衡を保とうとする働きに似ている。

米価の高騰を見込んで、蓄えた蔵米を売り惜しみ、利鞘を稼ごうとした米商人が、飢え疲れた群集の怒りを買ったのだ。

七月二十七日、木造《きづくり》新田などの百姓たちが、弘前《ひろさき》の城下に押し寄せ、年貢米の減免を強訴《ごうき》している。

津軽藩の記録では、天明三年の九月から、天明四年の六月までの餓死者が、八万一〇七二人に達し、飼い葉も与えられず餓死した農耕馬は一万七二一一頭に及んだ。

百姓たちが飢え死にしたため、耕す者もないまま、荒れ地と化した水田が一万三九九七町五畝二十五歩、荒れ果てた畑は六九三一間八反五畝二十四歩、津軽領内にある田畑の、およそ三分の二が荒廃したという。

また『政隣記』には、八月二十三日、加賀国、石川郡加賀領、宮腰町で起こった米騒動で、二十三戸の商家が打ち壊された、と記されている。

さらに『家世実記』を繙《ひもと》けば、八月二十六日、陸奥国白河郡白河領白河町で、打ち毀しがあったという記載がある。

利に敏い米商人たちは、新米の収穫が見込めない凶作の年を、むしろ商売の好機と見て、備蓄した古米を売り惜しんで、米価の高騰を謀ったのだ。

それが飢えた人々の怒りを買った。

米商人たちの店舗や米蔵を打ち壊してからも、騒動に加わった窮民たちの熱気は、なかなか収まることを知らなかったらしい。

打ち毀しの翌日、すなわち八月二十七日、須賀川の河川敷には、二千余人が集まって気勢を上げている。

『町触控』には、八月二十九日、増え続ける流民に手を焼いた秋田藩では、隣国領民の秋田領流入を禁止した、という記載がある。

『飢饉録』に目を通せば、九月十九日、陸奥国宮城郡仙台領仙台町で、払米の不正に怒った群集が、買米商人の店舗を打ち毀した、という記録がある。

被災の記録を綴った『浅間山大焼一件』を読めば、浅間山噴火の被害に苦しむ百姓たちによって、広範囲にわたる暴動が引き起こされたと記載されている。

九月二十九日、上野国《こうずけのくに》、碓氷《うすい》郡磯部町に、三千余人の群集が押し寄せ、町内の米屋という米屋を焼き払った。

この騒動は碓氷峠を越えて、隣国まで飛び火し、上野と信濃の両国を巻き込んだ、大規模な打ち毀しが展開されたという。

天明三年の災害は、浅間山の噴火や奥羽地方を襲った飢饉だけではなかった。

『年代炎上鑑』には、江戸大火の惨状が記されている。

十二月二十日、浅草の鳥越町より出火。

燃え広がる炎は、浅草寺周辺の下町を、嘗めるようにして焼き尽くし、おりからの偏西風に煽られ、火焰は勢いを増しながら、大川を飛び越え、川向こうの本所・深川に飛び火して、旗本屋敷が軒を連ねる武家町や、色街として賑わう猥雑な街並みを焼き払った。

このとき兵馬は、母親に捨てられた小娘と一緒に、深川蛤町の裏店に住んでいた。

渦巻く火焰に追われて、兵馬はまだ幼かった小袖の手を引いて、川底を浚った土砂で埋め立てられ、草木も生えぬまま放置された、十万坪と呼ばれる人工の海辺まで、身ひとつで逃げた。

あのとき寒風に震えながら聞いた、暗い海に打ち寄せる波の音と、あのとき寒さに震えながら見た、殺風景な十万坪の光景を、なぜか兵馬は、人を斬った夜の、悪夢のなかで見ることがある。

草木も育たない不毛の地だった。

夜空は真っ赤に燃えていたが、海は暗く、波は荒く、猛火と荒海に挟まれて、兵馬はひとり呆然と立ち尽くしている。

小袖は、と捜しても、小娘の姿は見あたらない。

ここは何もないところなのだ、と兵馬は思う。

草木も育たない。

人の姿もない。

一緒に避難してきたはずの難民たちも、いつの間にか掻き消えている。

寒風が襲う。

荒波が唸る。

砂塵が舞う。

誰もいない。

夜ごとに見る悪夢は、不毛の地に置き捨てられた兵馬を、嘲笑っているかのようだった。

誰もいない。

何もない。

やけに寒い。

どこからか、念仏の声が聞こえてくる。

　色即是空。
　空即是色。
誰が唱える声明《しょうみょう》か。
この世は虚妄である、と仏は言うのか。
色即是空。
確かなものは何処にもないのか。
あるはずだ、と兵馬は思う。
空即是色。
なければならぬ、と一心に念じる。
色即是色。
悟りの境地など兵馬には遠い。
空即是空。
師に会えば師を斬り、仏に会えば仏を斬る。
無だ。
兵馬は両腕をだらりと垂らした。

腰に手を伸ばすと、そぼろ助廣の手ざわりがある。

何もかも失ったと思っていたが、腰の一刀だけは残されていたらしい。

孤剣だけが頼りだ。

兵馬は刀を抜いた。

そぼろ助廣は血にまみれている。

どうしたことだ。

血を吸った刀身を、拭わずに鞘へ収めるはずはない。

これは夢だ、と思いながら、悪夢を断ち切ろうとして抜いた刀身から、赤い血が噴き出ている。

色の付いた夢を見るのは不吉だという。

そう思って、刀身の血を拭おうとすると、こんどは鞘の鯉口から、まるで噴水のように、真っ赤な血が溢れ出てきた。

これまでに斬った人の血が、こんなところに溜まっていたのか、と兵馬は思って、鞘を傾けて中の血を出そうとするが、鮮血は鯉口から滝のように流れ出て、不毛の砂地を真っ赤に染めてゆく。

草木も生えない不毛の地が、暗い海が、燃える闇が、赤い血の色に塗り籠められてゆく。

おれはこれほど斬っていないぞ、と兵馬は叫びながら眼が醒める。

全身にグッショリと寝汗をかいている。

悪夢が醒める瞬間はいつも赤い。

闇と血。

それが兵馬に刻印された懲罰だったのか。

天明三年の大飢饉と、浅間山の大噴火、江戸の猛火に追われて、冬の一夜をすごした不毛な砂地の光景は、いずれも切り離し難いものとして、兵馬の脳裏に残っている。

四章　雪　　嵐

一

奥州白河郷鏡石村の百姓、五助こと五郎左衛門は、天明三年の白河町打ち毀しに連座しているという。

「おれは鏡石村の総代として、白河町の打ち毀しに加わったのだ」

囲炉裏に掛けた土鍋の蓋が、カタカタと鳴っている音を聞きながら、五郎左衛門は軽く眼を瞑って、これまで隠してきた過去を語りはじめた。

「あれは『はずみ』というものかもしれねえ」

天明三年の大飢饉が、五郎左衛門の運命を変えたのだという。

前年の暮れは、冬になっても雪が降らなかった。

年が明けてからも、生暖かい南風が吹いて、季節の移ろいが止まったような日々が、ずるずるといつまでも続いていた。

奥州の豪雪地方に雪が降らない。

「あのときと同じだ」

鏡石村の古老たちは、二十八年前の宝暦《ほうれき》大飢饉を思い出した。

「これは凶作の前兆ではねえか」

不吉な予言は的中した。

皐月《さつき》の中旬、田植えの季節になって、いきなり真冬のような冷気が襲った。

「凶作だ」

「大飢饉になるぞ」

古老たちは恐れおののいた。

季節の移ろいに異変が生じている。

宝暦の大飢饉が再来したのだ。

土用の頃になっても、相変わらず冷夏が続き、老人たちは綿入れを着て、暖を取らなければならなかった。

夏のさなかに、季節外れの東風《やまかぜ》が吹き、まだ青々とした田圃に、雪のような霜が下りた。

稲は青立ちとなり、いつになっても稲穂は付かず、稲田は毒々しいほど青々としたまま、いつしか収穫の秋を迎えた。

いや、そうではない。

初めから稲穂など、育ってはいなかったのだ。

田圃の稲は、まるでぺんぺん草のように、つんつんと葉先が立って、稲穂は垂れることなく枯れ凋《しぼ》んだ。

苗間《なえま》の稲が苗のまま黄ばんだような、育ちの悪い芒《すすき》のような、不毛な田圃の畔に立って、鏡石の百姓たちは、村の存亡にかかわる談合を重ねた。

「今年の米は全滅だな」

「とても年貢など払えねえ」

「だが秋になれば、城のさむれえは、容赦なく取り立てに来るぞ」

「この田圃を見れば、取ろうにも取る米がねえことは、城のさむれえたちにも、わかりそうなものだ」

「検見役《けみやく》のさむれえは、城ざむれえの中でも、なんの権限も持たねえ下っ端だ。上役に命令されれば、たとえ無理だとわかっていても、言われるままに、取り立てをするしか能はねえのだ」

江戸期になれば、年貢の徴収には、定免法《じょうめんほう》が用いられた。

過去五年から十年、あるいは二十年の、田租額を平均して租税額を定め、その期間内は豊作・凶作にかかわらず、同額の年貢米を徴収した。

この徴税法によって、年ごとの豊作・不作にかかわりなく、藩は安定した収入を得ることができ、豊作の年には、百姓にも多少のゆとりが生じる。

百姓は年貢の余り米を売って、わずかでも銭に替えることができ、運よく豊作が続けば、財の蓄積も容易になる。

貯蓄の運用によっては、百姓にも貧富の差が生じ、百姓が物を買うための銭を持てば、都市部に発達していた商業経済が、農村にまで浸透して来ることになる。

しかし凶作の年にも、いつもと同額の年貢を納めなければならないので、税を納める百姓にとっては、文字どおり生死を分ける苛酷な税法となる。

青立ちしたまま枯れ凋んだ稲田が、収穫期の迫る秋を迎えた。

穫り入れが終われば、城のさむらいが年貢米の取り立てに来るだろう。

城方では定免法を遵守《じゅんしゅ》し、昨年や一昨年と同じ額の年貢を、課してくるに違いない。

　どうすればよいのか。

「破免《はめん》だ」

　と叫んだのは、鏡石の旧家を継いだばかりの五郎左衛門だった。

「下っ端役人を相手に、わずかな年貢高を争っても埒はあかねえ。じかに城の上役に掛け合って、破免を願い出るより他に、この冬を越すための手だてはねえ」

　破免とは、定免法の税額を変えることで、水害、旱魃、大風などによる災害が甚だしいときは、特別に検見《けみ》を願い出て、減免に持ち込むという手だてもある。

「それしかあるめえ」

　鏡石の百姓たちは、それぞれ賛意を口にしたが、さて、城との掛け合いには誰が行くか、という話になれば、いずれも尻込みして、おれが行こう、と言う者は出て来ない。

「総代のひとりは、言い出しっぺの五郎左衛門さま、と決まったようなものだが、あとの五人をどうすべえ」

　百姓たちは俯いたまま黙り込んだ。

　誰も答える者がいなかったのは、へたに口出しをして、掛け合いの総代に選ばれてしまうことを恐れたからだ。

五郎左衛門は、破免の口火を切ったばかりに、城と掛け合う鏡石村の総代に、祭り上げられてしまったが、後に続く者が出なかった。

重い沈黙が続いた。

「籤《くじ》にすべえ」

と誰かが言った。

「それはまずくねえか。城へ掛け合いに行くというのに、もし弁が立たねえ者が籤に当たったら、困ることにはならねえか」

「弁よりは度胸だ」

「度胸のねえ者が籤に当たれば、城との掛け合いどころではあるめえ」

「弁も度胸もいらねえ。行くか行かねえかだ」

「誰かが行かなきゃ、この村は立ちゆかなくなる」

「城に行きてえ者など誰もいねえ」

「そうなればどうなる」

「………」

「このまま座して餓死を待つのか」

「……」

「できるだけのことは、しなくちゃなるめえ」

「やはり籤にすべえ」

「とにかく行く者を選ばなきゃ」

「この村で弁が立つのは、五郎左衛門さましかいねえ」

「度胸もある」

「それに鏡石村では一番の旧家だ」

「村の総代に不足はねえ」

「あとの五人は籤でいい」

「五人の雁首が揃いさえすれば、難しい城との掛け合いは、弁の立つ五郎左衛門さまに任せればいいのだ」

それならよかろう、と安堵した声が、立ち枯れた田圃の畔からぼつぼつと起こった。

「籤だ」

「文句はねえ」

すぐに田圃から瘠せた稲を刈り取って、いかにも百姓らしい籤を作った。

稲のほとんどは枯れ凋んでいたが、わずかに米粒の入っている稲穂を当たり籤にして、五人の総代を選ぶことになった。

わらしべの籤を引くことに、百姓たちは尻込みしたが、村八分にされるのが怖くて、おずおずと列に並んで、青みの残る稲葉を選ぼうと、あれこれ迷ってばかりいる。

稲穂の殻を割ってみると、ほとんどは空だったが、瘠せ凋んだ籾殻の中に、米粒が入っている当たり籤が五本あった。

五人の男たちは青くなったが、難を逃れた百姓たちは、みな安堵したように溜め息をもらした。

村に残る百姓たちは、村中から掻き集めた『死に米』を焚いて、五郎左衛門たち総代に馳走し、残りの飯を弁当にして持たせた。

村中の老若男女が総出となって、城へ向かう五郎左衛門たちに、手を振り、影を慕い、涙ながらに送り出した。

二

風が激しくなった。

白魔のときがやって来たのだ。

びゅうびゅうと、風の音が鋭く鳴る。

山の中腹に建てられた炭焼き小屋は、雪嵐の中に取り残され、烈しく吹く風に煽られて、丸太作りの梁や鴨居が、いまにも毀《こわ》れそうな音を立てて、ギシギシと鳴った。

小屋に吹き込んだすきま風が、傍若無人《ぼうじゃくぶじん》に暴れまわっている。

兵馬は無言のまま、ゆらゆらと燃える火の色を見ていた。

囲炉裏の炎は、小屋に吹き込む突風を受けて、赤く、青く、黄色く、微妙に色合いを変えながら、荒波のように揺れている。

「急に冷え込んできたようだ」

兵馬は寒そうに襟元を合わせた。

小屋に吹き込むすきま風には、白い粉雪が混じっている。

「今夜は雪嵐になるかもしれねえ」

舞い込んでくる雪片を見ながら、落ち着き払った声で五郎左衛門は言った。

「このまま降り続ければ、炭焼き小屋につながっている山道は、雪嵐の中に埋もれてしまう。たれ込みがあるにしても、草木も凍り付く雪嵐の晩に、まさか討手はかかるめえ。今夜は安心して眠れそうだ」

殺風景な炭焼き小屋に、飯の炊きあがる匂いが満ちてきた。

甘く香ばしい、うまそうな匂いに、兵馬は思わず舌なめずりした。

「さて『死に米』もいい具合に炊けたようだし、長話をしているうちに腹もへった。これから先は『死に飯』を食いながら話そうじゃねえか。おめえも遠慮なくやってくれ」

言われなくても、兵馬の腹はグーと鳴った。

食いたがっているな、情けない奴め、と兵馬は、無節操で、意地汚い、腹の虫を叱りつけた。

討っ手の襲撃に備えて、気を張り詰めていたのに、と兵馬は食い意地の張った腹の虫がうらめしかった。

腹の鳴る音が聞こえたのか、聞こえなかったのか、五郎左衛門はわざと間抜け面をして、節くれ立った手で土鍋の蓋を取った。

うまそうな白い湯気が立ちのぼる。

「呑気な男だな。討っ手も近づけぬような雪嵐の中に、われらは閉じ籠められているのだぞ」

文句を言ってみたが、まあ、とりあえず、厄介な腹の虫を黙らせることだ、と兵馬はすぐに思い直した。

いずれにしても、雪嵐が止むまでは、この小屋から動けまい。

「そうよ。じたばたしても始まらねえ」

五郎左衛門は、縁の欠けたお椀に、炊きたての飯を盛って兵馬に差し出した。

「ありがたい」

大盛りの椀を受け取った兵馬の腹が、また耐えられずにグーと鳴った。

「風が強くなった」

兵馬は箸を取りながら、空腹の音を誤魔化すように言った。

「ますます激しくなるようだ」

このまま雪嵐が激しくなると、村への道も、兵馬たちの足跡も、白い吹雪に掻き消され、ちっぽけな炭焼き小屋は、雪に埋もれてしまうかもしれない。

兵馬の不安をよそに、

「雪はありがてえ」

五郎左衛門がぽつりと言った。

「天明三年には、真冬になっても雪が降らなかった。あの年の凶作は悲惨だった。だから、冬に大雪が降れば、百姓たちは安堵するのだ」

凶作に襲われた天明三年の八月、五郎左衛門は五人の百姓と一緒に、『死に米』を握り飯にした腰弁当を付けて、藩に『破免』を願い出るために白河城下へ向かった。

五郎左衛門が、白河町の異変に気がついたのは、城下に入る直前のことだった。


「止まれ」

瘠せて頰の窪んだ男たちが、ゆくてを塞ぐようにして、街道の真ん中に立ちはだかっている。

「どこから来た？」

頭目らしい男が、厳しい声で訊問した。

「鏡石だ」

何かわからないまま、五郎左衛門は答える。

「どこへ行くのだ」

よけいなお世話だ、と思ったが、男たちの動きに不穏なものを感じて、

「お城だ」

正直に言った。

「なに、城だと」

男はいきなり殺気立った。

「おぉーい、みんなぁ。ちょっと来てくれ」

その男が叫ぶまでもなく、数人ずつ隊伍を組んだ男たちが、ばらばらと走り寄ってきた。

近づいて来る連中を見れば、男ばかりではなく、女たちも混じっている。

いずれも瘠せて、血色も悪く、眼ばかりギョロギョロと光らせ、変に殺気立っているので、遠目には男か女か、区別がつかなかったのだ。

「何しに城へ行くのだ」

罪人でも詰問するように言う。

「わしらは鏡石村の百姓だ。今年もひどい凶作で、とても年貢が払えねえ。村廻りの下っ端役人に、いくら陳情しても埒があかねえので、破免を願い出るために城へ行くのだ」

五郎左衛門は胸を張って答えた。

男たち女たちが殺気立っているのは、飢えに襲われているせいだ、ということに気づいたからだ。

「破免だって?」

聞き慣れないことを言う、と呟きながら、男は問い返した。

「そうだ。城に掛け合って、減免を願い出るのだ」

五郎左衛門の説明に、男は苛立ちを隠さなかった。

「年貢を削ってもらうのか。米を作っている奴らは、虫のいいことを考えるものだな」

この男には、村の欠乏がわからないらしい。

「年貢米を納めるどころか、村にはこの冬を越す食い物もねえ」

正直に答えた。

「なんだって。百姓までが食えないのか」

男は驚いたようだったが、

「それでは、町に住むおれたちが、食えるはずはない」

驚きはすぐ絶望に変わった。

「だから、じかにお城と掛け合って、年貢を破免にしてもらうのだ。そうしなければ、この冬には大勢の餓死者が出ることになる」

この男なら話がわかるだろう、と五郎左衛門は思った。

「だが、白河町の米屋には、商人が売り惜しんでいる米が山ほどあるぞ」

横合いから別の男が割り込んできた。

「おい。見ず知らずの奴に、そんなことまで話して大丈夫か」

もうひとりの男が心配そうに言った。

「安心しろ。町人も百姓も、食えねえことでは立場が一緒だ。たれ込みなんか、するはずはねえ」

頭目らしい男が取りなした。

「しかし、こいつは城に行くと言っているのだぞ。城のさむれえたちに、一言でも洩らしたりしたら、事を起こす前に、おれたちは一網打尽だぜ」

いきなり割り込んできた男が言った。

「それもそうだな。このまま城へやるわけにはいかない」

頭目も考え直したようだった。

「どうするのだ」

五郎左衛門が問い返した。

「おめえさま方が選ぶ道は、二つにひとつ。おれたちと一緒に打ち毀しに加わるか。それとも、このまま黙って村へ帰るかだ」

断固とした口調で、頭目が言った。

「どちらも嫌だと言うなら、もう一つの選択もある」

割り込んできた男が、脅し文句をつけ加えた。

「秘密を洩らさねえよう、この場で叩き殺して須賀川へ流す」

かなり凶暴な男らしい。

「打ち毀しには、死人が出るかもしれねえ。ひとり殺すのも、十人殺すのも同じことだ」

鏡石村から嫌々ながら付いて来た、五人の百姓たちは震えあがった。

「おれたちは、そこまで決意したのだ。おめえさま方も腹を決めたほうがいい。ここには気の短い連中が多いからな、まごまごしていると、三番目のやり方で葬られるぜ」

忠告でもするような口調で、頭目が言った。

「おれたちは、村の者から『死に米』をもらって、城との掛け合いにやって来たのだ。このまま村へ帰るわけにはいかねえ」

五郎左衛門は抗弁した。

「なに『死に米』だと。おめえさまが腰に付けているのがそれか」

頭目は物欲しげな顔をして、五郎左衛門の腰弁当をじろじろと見た。

「そうだ。おれたちは腹いっぱい食った。見ればおめえたちは、気の毒に腹をへらしているようだ。この握り飯を食ってくれ。正真正銘の米の飯だ」

五郎左右衛門は愛想笑いをしながら、腰に付けていた弁当の包みを解いて、温厚そうな男に手渡した。

「米の飯だと」

「おれたちも食えるのか」

歓喜とも狂気とも知れない奇声を上げて、その場にいた男たち女たちが、われを忘れて殺到してきた。

握り飯は千切って分けられたが、少しでも多く取ろうと、人を押し退け、手を伸ばし、腕で突っぱね、肘を張って、果ては醜いつかみ合いになる。

見たくない光景だった。

五郎左衛門は哀願した。

「その握り飯は、鏡石村の百姓が、命より大事な種籾を、一粒ずつ出し合った『死に米』だ。どうかじっくり味わって欲しい」

握り飯を奪い合っていた手は、その一瞬だけ、ギョッとしたように止まったが、飯を頬ばる口の動きが休むことはなかった。

五郎左衛門はもう一押し、無理を承知でねじ込んでみた。

「おれは鏡石村の総代として、城との掛け合いに行くのだ。飢えているおめえたちなら、おれの気持ちがわかるはずだ。どうか城まで行かせておくれ」

男たちの眼が一斉に光った。

「駄目だっ」

声に怒気が込められている。

「まあ、まあ」

一揆の頭目と思われる男が、ことさら穏やかな口調で言った。

「おめえさまの村が餓死する前に、おれたち町衆は確実に飢えて死ぬ。回りくどい『破免』の掛け合いより、悪徳商人どもが備蓄した、米蔵の打ち毀しが先だ。おれたち一揆の企てを、城のさむれえたちに知られたら、おれたちは事を起こす前に捕らえられ、そうなりゃ食う物のあてもなく、すぐにも餓死する者が出かねないのだ。おめえさまの言う『破免』など、もどかしくて反吐《へど》が出るぜ。おれたちには、回り道している暇はねえ。いわば轍鮒《てっぷ》の急というものだ」

握り飯を食い終わった男たちは、少しは飢えを癒して、元気を取り戻したのか、

「早く決めろ、二つにひとつだ、さもなくば残るひとつだ」

口々に叫びだした。

「鏡石か硯石か知らねえが、打ち毀しに加わらねえ村は、おれたちが押し掛けて、火を放って焼き払う。そんな目にあってもいいのか」

言うことが過激になってきた。

「よし。決めた」

五郎左衛門は、とっさに判断を下した。

こいつらは本気でやるつもりだ。

そこまで追い詰められている、ということか。

飢餓に苦しむ町衆が、飢餓に苦しんでいる村に襲いかかる。

救いようのない地獄絵だ。

ここまで熱狂している一揆衆に、鏡石村を焼き討ちされては、城に『破免』を願い出たところで元も子もなくなる。

「よし、決めた。鏡石村の総代として、おれが打ち毀しに加わろう」

それを聞いて、一揆衆からは歓声が上がったが、鏡石村の百姓たちは蒼白になった。

「そんなつもりで、おめえさまに付いて来たんじゃねえ」

おろおろとした声で、五郎左衛門に詰め寄った。

「わらしべの籤で、命まで取られちゃあたまらねえ」

五人の百姓たちは、足は萎え、声は嗄《か》れ、全身でわなわなと震えている。

こいつらは役にたたねえ。

そう判断した五郎左衛門は、

「おれは打ち毀しに加わるが、この人たちは別だ。初めにおめえが言っていたように、五人は村に返しておくれ。いずれも口の堅い人たちだ。打ち毀しのことは、口が裂けても洩らすことはねえ」

頭目と思われる男に頼み込んだ。

「いいだろう。このまま村へ引き返すつもりなら、何も言わずに見逃してやろう。ただし、途中で口を滑らしたりしたら、ここにいる誰かが、必ず仕返しにゆくからそう思え。おれたちは人数が多い。どこにでも眼があり、耳がある。かなり執念深い連中もいる。気をつけることだな」

おれにできることは、ここまでだ、と頭目は五郎左衛門に笑みを見せた。

打ち毀しに加わると聞いて、少しは好意を寄せたようだが、一揆の頭目になるほどの玉だから、決して甘い男ではない。

「おめえたちは村に戻れ」

五郎左衛門は低い声で言った。

一揆衆の気が変わらないうちに、さっさとこの場を離れた方がいい。

「おめえさまはどうなさるだ」

百姓たちは不安に駆られているようだった。

「鏡石村の総代として、打ち毀しに加わる、と言ったではないか。一揆衆は気が立っている。焼き討ちから村を守るには、そうする他はあるめえ」

「だが、おめえさまは……」

百姓たちのおろおろ声に誘われて、

「死ぬかもしれねえ」

冗談のように言って、五郎左衛門は薄く笑った。

しかし冗談の通じる相手ではなかった。

五人の百姓たちは、ボロボロと涙を流しながら、

「そこまでわかっていながら、おめえさまは行きなさるのか」

声をふるわせて泣きだした。

悲痛な思いは病魔のように感染する。

五郎左衛門も思わず激情に駆られて、

「もし生き残ることができたら、その足で城に掛け合って、年貢米の『破免』を願い出るつもりだ。お城でも凶作のことはわかっているはずだ。こういうときの掛け合いは、一人でも五人でも同じことだ」

百姓らしからぬ英雄気取り、いや、百姓らしく義民気取りの言い方をした。

あれは『はずみ』というものだった、と今になれば思う。

五人の百姓たちの涙声に、いきなり哀情を掻きたてられ、いささか気が昂《たかぶ》って、みずからの男気《おとこぎ》に、酔っていたのかもしれなかった。

あるいは、打ち毀し衆の激情ぶりを見ているうちに、異常を異常とも思わなくなっていたのだろうか。

飲み慣れない強い酒を、飲めもしないのに飲めるだけ飲み、悪酔いしたときの気分にも似ている。

百姓たちは哀願した。

「おめえさまが死んでしまったら、城に掛け合って『破免』を願い出る者は、誰もいなくなる。村は焼き討ちを免れたとしても、その後から襲ってくる飢えや餓死からは逃れられねえ」

「おめえさまだけが頼りだ」

「五郎左衛門さま。おれたちを見捨てねえでくだせえ」

鏡石の百姓たちは、まるで神仏でも拝むように、打ち毀しに加わるという五郎左衛門に手を合わせた。

それほど頼られているのか、と思うと悪い気はしない。

悪酔いついでに、五郎左衛門は、歌舞伎役者のような振りを付けて、一生一代の大見得を切った。

「もしおれが帰らなかったら、残された田畑をおめえたちで耕してくれ。収穫《とれたもの》はおめえたちみんなで分けろ。それで飢饉を乗りきってくれ」

五郎左衛門の女房は、去年の冬に難産で死んだ。

生まれ損なった胎児も腹の中で死んでいた。

親父もお袋も三年前に死んでいる。

家督を継がせる子もいない。

五郎左衛門が死ねば、残された田畑を耕す者はいなくなる。

それを村の共有財産にして、この冬を乗りきるように、と言って、鏡石に帰る百姓たちを励ましたのだ。

三

「みずからの退路を断ったわけだな」

死を決して戦いに赴《おもむ》く武士のように、と兵馬は思った。

間抜け面に欺されていたが、この男、ただの百姓ではないようだ。

「そんな大袈裟なものじゃやねえ」

炊きたての『死に米』を頬ばりながら、五郎左衛門は冷めた声で言った。

「鏡石村を代表して、打ち毀しに加わり、町中の騒動が終わったら、あらためて城に掛け合えばいいと、気楽に考えていたわけだ。村のために死ぬ気もなければ、先祖代々の田畑を、あっさりと捨てる気もなかった。あのとき義民のような台詞《せりふ》を吐いたのは、その場の『はずみ』だし、江戸で無宿人となったのも、ものの『はずみ』というものだ」

先ほどの『はずみ』とは、別のことを言っているらしかった。

「もう一つの『はずみ』について、そろそろ話してもよいではないか」

そして、藩の密命を帯びた影同心から、付け狙われることになった理由を、と兵馬は言い添えた。

「そうだな」

五郎左衛門は大きく頷いた。

「あのときは、はずみとはずみが重なって、触れてはならねえものに触れ、知ってはならねえことを知ってしまったようだ。あれは、いってえなんだったのか、はっきりしたことはいまもわからねえ。おめえの魂胆に乗せられて、帰りたくねえと思っていた奥州白河に帰って来たのも、それを確かめるためだったのかもしれねえ」

五人の百姓を鏡石に帰し、ひとり残った五郎左衛門は、そのまま打ち毀しに加わって、白河町の米屋街を襲った。

飢えに苦しむ一揆衆は、ほとんど暴徒と化していた。

米蔵を打ち毀し、米俵を引きずり出し、俵を破って中の米を路上にぶちまけ、店の帳簿を引き裂いて、家中の調度品を叩き潰した。

打ち毀しが加熱するにつれて、騒動の流れに乗った五郎左衛門は、しだいに商家を叩き壊すことへの抵抗もなくなり、破壊、強奪、凌辱、それが当然、と思うようになっていた。

「毀してしまえ、何もかも、叩き潰してしまえ」

気がついたときには、米問屋街に走り込んだ五郎左衛門も、一揆衆と声を合わせて叫んでいた。

しかしその叫びは、必ずしも一揆衆と同じではなかった。

路上にばらまかれた米を見て、

「これはおれたち百姓が、汗と泥に塗《まみ》れて作った米だ。米を作ったことのねえ連中が、粗末な扱いをしやがって」

打ち毀し衆にも腹を立てた。

こいつらは日頃から米を食っているのだ。

米屋の売り惜しみを怒って、打ち毀しに走る町衆と、出せない年貢を出せと責められ、食う物まで搾り取られる百姓とは違う。

米を作らない者が米を買えなくて飢える。

米を作る百姓が米を食えない。

この、どうしようもない落差が、荒っぽい打ち毀しによって、路上にぶち撒かれているような気がしたのだ。

「ねえはずの米が、どうして米商人の蔵にあるのだ」

怒りは怒りを引き寄せる。

怒りは相乗されて憎しみを増す。

五郎左衛門は激した。

凶作を予見し、残り米を隠匿することで、さらに米価を吊り上げ、法外な暴利をむさぼろうとする。

そんな商売の手口など知るところではない。

「毀せ。潰せ。証文や帳簿を破り捨てろ」

怒りに駆られた五郎左衛門は、狂奔する群集の先頭に立って、床も壁も黒光りに磨かれた、大店《おおだな》の帳場に踏み込んだ。

そこは、白河藩御用達を務める米商人の帳場だった。

あらかじめ、打ち毀しを察知していたのか、大店の主人一家や使用人は、いち早く逃げ去っていた。

人影のない広い帳場が、たちまち一揆衆で埋まった。

「店の帳簿を破れ。証文を燃やせ。二度と商売ができないようにしてしまえ」

無人となった帳場の奥に、樫の木で造られた頑丈な箪笥《たんす》が置かれている。

「この中には、藩の米取り引きに関する、秘密文書が隠されているはずだ。さわらぬ神にたたりなし。これだけは触らずに、そっとしておいた方が無難だぞ」

一揆の頭目と思われる男が、いつの間にか五郎左衛門の背後に立っていた。

「なんだって？　藩の秘密取り引き？」

五郎左衛門は怒り声で聞き返した。

「そうだ。米相場に関する藩の機密だ。その秘密文書が曝かれたとなれば、あの恐ろしい影同心が動きだすぞ」

剛胆そうな頭目の眼にも、底知れぬおびえが走っている。

五郎左衛門は意地になった。

「それを聞いては、ますます見過ごすわけにはいかねえ。かまうものか。藩の秘密など打ち毀してしまえ」

その秘密文書は使える、と五郎左衛門はとっさに思った。

城に『破免』を願い出ても、藩が減免の掛け合いに応じなければ、最後の切り札として使えるのではないか。

「よせ。それだけはするな。打ち毀しは米商人との喧嘩だが、その秘密文書に手を出せば、藩に喧嘩を売ることになる。勝ち目のない喧嘩はしない方がいい」

頭目は必死でとめたが、新顔の五郎左衛門に煽られ、勢いに乗った打ち毀しは、もう誰にも止めることはできなかった。

分厚い樫財を使った箪笥には、頑丈な鍵が掛けられていて、黒漆の鉄板で飾られた引き出しは、押しても引いても開かない。

「面倒だ。叩き壊してしまえ」

重い掛け矢を振りかぶって、力を籠めて打ち下ろしたが、頑丈な箪笥はビクともしない。

「こうなれば、意地でも毀さなけりゃ、腹の虫が治まらねえ」

血の気の多い数人の男たちが、重い箪笥を持ちあげ、掛け声を合わせて、三和土《たたき》に叩き付けたが、よほど頑丈な造りなのか、箪笥の扉は微動だにしない。

「おい。こんなところに鍵束があったぜ」

帳場の手文庫をぶち壊すと、二重底になった小引き出しから、鉄の輪で括った鍵束が出てきたという。

「どの鍵が合うか」

鍵束には十数個の鍵がぶら下がっている。

ガチャガチャと、やかましい金属音を響かせて、樫箪笥の鍵穴に合う鍵を捜してみたが、取り乱しているせいか、どの鍵も穴に合わない。

気の短い一揆衆は苛々して、

「もういい。簞笥の中味などに用はねえ。米相場の帳簿など見たところで、腹の足しにもなりゃしねえ」

それまでガチャガチャさせていた鍵束を、五郎左衛門の足下に放り投げた。

五郎左衛門は鍵束を拾い、そこにぶら下がっていた鍵のひとつを、頑丈な樫簞笥の鍵穴に差し込んだ。

そのとき、突如として、火の見櫓の半鐘が鳴った。

「あれは?」

胸騒ぎを搔きたてるような鐘の音だ。

「なんの合図だ?」

一揆衆は不安げに、外光が眩しく射し込んでいる戸口を見た。

白く乾いた土に、強烈な夕陽が射し込んでいる。

火の見櫓の半鐘は鳴り止まない。

「おぉーい。退きあげだーぁ。ほんの今さっき、城のさむれえたちが、こっちへ向かったという知らせがあったぞーぉ」

大声で叫びながら、打ち毀しの頭目が触れ回っている。

「ぐずぐずしている暇はねえ。逃げ遅れて捕まりでもしたら、見せしめのため、手荒な拷問を受けて殺されるぞ」

いつの間に帳場を離れたのか、浅黒い顔は上気して、吐く息も荒い。

「はやく逃げろ」

「帳簿はどうする」

「放っておけ」

打ち毀しに興じていた男たちは、頭目の一声で目が覚めたのか、蜘蛛の子を散らすように掻き消えた。

驚くほどに逃げ足が速い。

よそ者の五郎左衛門だけが、乱雑に打ち壊された薄暗い帳場に取り残された。

逃げなければ。

そのときどうしたことか、鍵穴に差し込んだ鍵が動いて五郎左衛門の掌に、パチン、という手応えが伝わってきた。

「開いた！」

藩の機密、と言った頭目のことばが気になった。

五郎左衛門は箪笥の中を掻き回した。

頑丈な引き出しの中には、何十冊もの帳簿が納められていたが、また別誂えとして、他見を禁ず、と朱書きした文書が綴られている。

「これだっ」

と思って、文書の中味を調べようとすると、

「見るな！」

間髪《かんはつ》を入れず、裂帛《れっぱく》の気合いと、刃物のように鋭い声が襲いかかってきた。

「見たら死ぬ！」

底冷えするような響きだった。

何者か。

五郎左衛門は恐る恐るふり返った。

血刀を下げた武士が、滑るような足どりで近づいてくる。

戸口は逆光に遮られて、屋内の闇を濃くした。

白光が躍り跳ねている三和土には、逃げ遅れた一揆衆が、口から泥のような血を吐いて倒れている。

ただ一刀で斬られたのか、悲鳴も聞こえなければ、諍った気配もなく、さらに不気

味なことに、斬った刺客には足音もなかった。

戸口から数歩離れた路上には、もう一つの斬殺死体が転がっていた。

路面は血を吸って、そのあたり一帯が赤く染まっている。

影同心だ、と五郎左衛門は震えあがった。

その恐ろしさは耳にしているが、姿は誰も見た者がいない、と言われている影同心に違いない。

その姿を見た者は必ず斬られる。

ここで死ぬのか。

膝頭が諤々と震えて、逃げようにも逃げられない。

どうしよう。

動こうにも動けない。

五郎左衛門は無意識のうちに、白河藩の秘密文書を握りしめていた。

これが最後の切り札になるかもしれない、とは思っても、これをどう使うか、ということにまでは頭が働かない。

影同心は無言のまま近づいてくる。

「よこせ！」

恐怖が氷結した。

その一瞬が永遠のように感じられる。

凍てついてしまった恐怖に、五郎左衛門は、その後も長いこと苦しめられることになる。

四

「あの恐ろしさは、いまでも忘れられねえ」

五郎左衛門は、縁の欠けた椀に、飯をつぎ足しながら言った。

「おぬしを斬りに来たその男は、おそらく微塵流の赤沼三樹三郎であろう」

話に聞き入っていた兵馬は、冷めてしまった飯を掻き込んだ。

あの男のことなら知っている。

いや、よく知っている、と言うべきだろう。

世に隠れた微塵流の遣い手であった。

三樹三郎の剣は、蛇のように残忍だったが、人としての苦悩を胸に秘めて、影の刺客として生きた悲しい男だった。

それにしても、不思議な太刀筋であった。

奥州に微塵流が伝わるとは聞かない。

絶えた流派の遣い手を、影の刺客に仕立てるとは、古武術を奨励している越中守らしいやり口だ、と兵馬は思う。

いまから一年前、死に場所を捜していた三樹三郎を、御庭番家筋の倉地文左衛門に命じられて斬った。

やむを得ないことであった。

三樹三郎は血狂いした凶器だった。

あのまま放っておけば、血に飢えた三樹三郎の剣は、さらに多くの血を吸っていたに違いない。

だから兵馬は『有情剣』を遣った。

死に場所を求めて、彷徨していたあの男は、喜んで兵馬に斬られたのだ、と思っている。

そのことは、五郎左衛門、いや、奥州無宿の五助も知っているはずなのに、その後も影同心への恐怖から、逃れることはできなかったようだ。

「凄まじい剣を遣うあの男に、そこまで追い詰められながら、おぬしはこうして生きている。よく逃《のが》れられたものだな」

信じがたいことだ、と兵馬は思う。

「どうして逃げられたのか、おれにもわからねえ」

当の本人である五郎左衛門も、不思議そうな顔をして首を捻った。


「よこせ」

影同心は低い声で言った。

手には血刀を下げたままだった。

斬られる、と五郎左衛門は直感した。

その瞬間、刺客の剣が雷光のように閃き、血なまぐさい太刀風が襲いかかった。

五郎左衛門の身体は、本人の意志とは別に、勝手に動いて、手にしていた藩の秘密文書を、刺客に向かって投げつけていた。

思いがけない反撃に意表を突かれ、矢切りの術に達した微塵流の遣い手は、いささか過敏すぎる反応をした。

激しく振り下ろされた剣は、すばやく反転して、襲いかかる影を斬った。

鋭い刃先が帳簿を両断した。

斬り裂かれた紙片が、花弁のようにパッと散る。

戸口から吹き込んだ風に煽られて、切断された藩の秘密文書が、花に遊ぶ蝶のように、ヒラヒラと帳場に舞った。

「南無三っ」

冷酷な影同心が、思いがけない動揺を見せた。

風に舞う紙片を拾い集めようとして、足を踏み違え、框《かまち》に躓《つまず》きながら、四つん這いになって追いかけている。

そのとき、一揆衆が逃げ散ってしまった街道から、ズンズン、ドスドスと腹に響く、馬蹄の音が聞こえた。

「御政道を乱す者ども。容赦なく搦《から》め捕れ」

町方の与力同心の声だろう。

鎮圧に出動した捕り手たちが、ドヤドヤと駆け寄ってくる足音も伝わって来る。

「ちっ、まずいことに」

影同心はさらに慌てた。

切り裂かれて風に舞う、秘密文書の断片を、必死になって拾い集めている。

捕り手たちにも、知られてはまずい、藩の機密が記された文書らしい。

そのとたんに呪縛が解けた。

蛇に睨まれた蛙のように、身を竦ませていた五郎左衛門は、狼狽している影同心の隙を突いて、脱兎のような勢いで、血の匂いのする帳場から逃げだした。

街道を埋める捕り手たちを避け、細い路地を抜け、裏道から裏道へと、迷路のように入り組んだ狭い小路を、息の続くかぎり駆けつづけた。

五

「そのとき、最後の切り札にと、藩の機密を書きしるした帳簿の断片を盗んできた。帳場に吹き込んだ風に煽られ、ヒラヒラと舞ってきた紙片を、おれはとっさにつかみ取って、懐にねじ込んだのだ」

五郎左衛門は溜め息をついた。

「それが理由で、影同心に追われていたというわけか。しかし、その恐ろしい影同心は、もうこの世にはいない。いつまでも気にすることはないと思うが」

食い終わったばかりのお椀を眺めて、兵馬は未練そうに箸を置いた。

土鍋の中は空っぽになっている。

「そうは言っても」

五郎左衛門は薪を折って、囲炉裏の火を掻きたてた。

隙間から吹き込む雪が、氷結したまま四隅に溜まっている。

雪嵐は本格的になってきたらしい。

ヒューヒューと吹き荒ぶ風が、雪女の悲鳴のように聞こえる。

「おれが裏帳簿の紙片を、懐にねじ込んだのを見て、あいつはもの凄い眼をしておれを睨んだ。あの恐ろしい影同心に、おれは顔を覚えられてしまったのだ。あいつは蛇のように執念深く、おれのゆくえを捜し廻るに違いない。こんど出遭ったときは斬られる、と思って恐れおののき、おれはその日のうちに、白河領から逐電《ちくでん》したのだ」

兵馬は苦笑した。

「節操のない男だな」

破免の掛け合いはどうしたのだ。

これまでの話を聞いて、見かけによらず崇高な男だと思っていたが、なんだかはぐらかされたような気がしてきた。

五郎左衛門は反発した。

「おれは百姓だ。さむれえの言う節操とは節操が違う」

兵馬は揶揄するように言った。

「しかしなあ、五郎左衛門どの。そのときから、おぬしは田畑を捨て、百姓をやめたのだ。そう開き直った言い方はしない方がよいぞ」

五郎左衛門も思わず苦笑して、

「おめえもイヤミな男だな。その、五郎左衛門どの、という、わざとらしい言い方はやめてくれ。それは無宿人になったときに捨てた名だ。いままでどおりに、五助と呼んでくれた方が気楽でいい」

張り詰めていた気持ちが、少しはゆるんだようだった。

「それでは、五助」

兵馬は呼び方を改めた。

「いまも、その書き付けを、持っているのか」

五助はわずかに唇を歪ませて、狡賢《ずるがしこ》そうに笑った。

「勿論だとも。誰にも知られない所に隠してある。災難を呼び寄せたのもあの紙切れだが、いざというときの命綱だからな」

思ったとおりだった。

間抜け面をした五助が、すべての鍵を握っていたのだ。

生来の間抜け面を利用して、無宿人になりすました五助は、一片の秘密文書を餌に使って、奥州白河藩を相手に、どのような駆け引きをしようというのか。

やはり、ただの百姓ではない。

「それはどこにあるのだ」

兵馬が性急に問いかけたとき、雪嵐に閉ざされた炭焼き小屋の戸が、ガタガタと音を立てて揺れた。

「待て。誰かが来たようだ」

討っ手かもしれない、と思って、兵馬は膝元にそぼろ助廣を引き寄せた。

ドン、ドン、と荒っぽく戸を叩く音が聞こえてくる。

「誰もおらぬのか」

嵐の夜に押し掛けた招かざる客は、かなり気性の荒い男らしい。

「外に明かりが洩れているぞ。小屋の中に人がいることはわかっている。いまさら居留守を使っても無駄だ」

戸を叩く音が激しくなった。

「どうすべえ」

五助は器用なことに、いつもの間抜け面に戻っている。

「開けてやれ」

兵馬はそぼろ助廣を左腰に移して、抜き打ちの構えを取った。

「そうは言っても、おめえ」

吹き荒ぶ雪嵐の中を、好んで歩き廻る者などいるはずはない。

討っ手かもしれない、と五助も思っているらしい。

「戸を開けなければ、この小屋を叩き壊してでも、入って来るつもりらしい。敵であれ、味方であれ、雪嵐の夜は寒かろう。かまわぬから、戸を開けてやれ」

兵馬の構えを見て安堵したのか、五助はできるだけ前屈みになって、戸口を塞いでいた心張り棒をはずした。

「入られよ」

兵馬は板戸の外に声をかけた。

「しからば」

そろそろと板戸が開いた。

相手も不意の攻撃を警戒しているのか。

そろりそろりと板戸が動く。

ゆるゆると開かれてゆく戸口に、人が通り抜けられるほどの隙間ができる。

いきなり白い突風が吹き込んできた。

雪嵐だ。

囲炉裏の炎が激しく揺れた。

炭焼き小屋は一変した。

ぬくもりは掻き消え、白魔に襲われたように凍りついた。

六

戸は開いたが、中に入ってくる気配はない。

雪嵐はさらに激しくなっている。

あたり一帯に雪が吹き荒れ、どこまでも雪また雪、見わたすかぎり雪で埋まっている。

開け放たれた戸口から、白魔のような烈風が吹き込み、小屋の四隅に溜まった雪の粉が、勢いあまって白い渦を巻いている。

「これ、外にいるお人。中に入って戸を閉めたらどうか。開けっ放しでは、寒くてたまらぬ」

兵馬は苛々した声で言った。

「入りたいのは山々だが、おぬしの腰の物が怖くてな」

吹雪の音に掻き消されて、途切れ途切れになった声が、板戸の外から聞こえてくる。

「それは御同様と申すもの。はっはっはっは。おぬしが携えている腰の物も、かなり重たげではないか。他意はない。これは武士の心得と思われよ」

兵馬は軽く笑い飛ばすと、そぼろ助廣の柄《つか》に掛けていた手を離して、抜き打ちの構えを解いた。

害意のないことを示すために、左膝に引き寄せていた刀を右側の脇に移した。

これで不意の抜き打ちはできない。

相手はそれがわかったらしく、

「では、さっそくお邪魔する」

黒い影が油断なく動いて、低い小屋裏に頭が閊《つか》えそうな、大柄の男が入ってきた。

こいつは、熊か？

吹き荒れる雪嵐の中から、ぬうっとあらわれ出た男は、冬眠から覚めて、雪穴から這い出してきた熊を思わせた。

雪嵐を防ぐために、厚重ねにした蓑笠《みのがさ》を着込み、これも防寒のつもりか、顔面を黒頭巾で覆っている。

熊の毛皮に似た蓑の下から、にゅっと突き出た左右の足には、麦藁を編み重ねた雪《ゆき》沓《ぐつ》を履き、細竹を輪に編んだカンジキまで着けている。

吹き荒れる雪嵐に備えて、厳重な足拵えをして来たのだ。

山働きをする百姓か、獣を追う猟師のように、麦藁を編んだ蓑笠を着ているが、隙のない物腰や、威張ったような物言いは、城勤めをしている田舎武士が、おのずから身につけた性癖と言えるだろう。

油断はならぬ、と兵馬は思った。

この男は雪嵐が来ることを知っていた。

激しい吹雪の中を、寒さに凍え、行き暮れて、雪に埋もれ、雪原を這いながら、迷い込んできた旅人とはわけが違う。

炭焼き小屋があること、囲炉裏では火が燃えていること、小屋の中には人がいることも、この男は知っていたに違いない。

地の利を得た周到な動きも、この男が白河藩士なら、あり得ることだ、と兵馬は思う。

しかし、なんのために来たのか。

まさか。

藩の機密を守るため、六年前に地遁げした潰れ百姓の口を塞ごうと、雪嵐の中を追ってきた刺客かもしれない。

五助の顔から血の気が引いてゆく。

男は小屋の中に入ると、プルプルと大袈裟に身を震わせて、蓑笠に氷結していた雪片を振り落とした。

払い落とされた雪片が、炉端に坐っていた兵馬の頬にまで飛んだ。

こいつ、喧嘩を売るつもりか。

水に落ちた羆《ヒグマ》のような奴だ、と兵馬は思ったが、黒頭巾で顔を隠しているので、熊にしろ悪党面にしろ、はっきりした人相はわからない。

あぶねえ男かもしれねえ、とすぐに感じ取った五助は、奥州白川郷鏡石村の義民、五郎左衛門の顔ではなく、江戸で奥州無宿と呼ばれていた頃の、空とぼけた間抜け面をして、闖入者の出方を窺っている。

男はズカズカと炉端まで進み、

「ほのかな灯の色を慕って、ここまで参った。先客がいたのは幸いであった」

小屋の中が暖められているので、火を焚いて暖を取る手間がはぶけた、とでも言うのだろうか。

ことば遣いは慇懃だが、言っていることはふてぶてしい。

「それにしても。妙な取り合わせだな」

無宿人と浪人者が、仲よく囲炉裏にあたっているのを見て、いかにも怪訝そうに、あちこちと眼を泳がせている。

探るような眼が、五助の前でぴたりと止まった。

「はて？」

男は首を捻った。

どこか引っかかるものがあるらしい。

何かを思い出そうとして、五助の顔をじろじろ見ていたが、諦めたのか視線を移し、値踏みでもするように、無遠慮な眼を兵馬に向けた。

兵馬はそ知らぬ顔をしているが、いつ斬り合いになってもおかしくはない、恐ろしいほどの緊迫感がみなぎっている。

五助の背に冷や汗が流れた。

しかし男は冷静だった。

囲炉裏で焚く薪の減り具合を見て、いつ頃から先客がここへ来ていたかを計り、小屋裏や壁際に視線を移して、飛び道具でも隠されていないかどうかを、確かめているようだった。

不審な物がないことを確かめると、男は無言のまま囲炉裏端に坐った。

兵馬は不快そうに黙り込んでいる。

突然の闖入者に、重要な話の腰を折られ、その先を語ることもできず、聞くこともできないまま、五助と顔を見合わせて、空咳でもする他はやることがない。

気まずい沈黙がきた。

五助は粗朶を折って、囲炉裏の火を掻き立てた。

勢いを得た炎が、小屋裏まで届くほど燃え上がる。

小屋は失われた暖気を取り戻した。

男が着ていた蓑笠からも、白い湯気が立ちのぼってきた。

冷えきっていた身体が暖まるのを、男は待ち受けていたらしい。

「失礼する」

男は炉端から立ち上がって、腰の刀に手を掛けた。

抜いたら斬る。

兵馬が鋭く反応する。

狭い小屋の中では、抜いた瞬間が生死の境になる。

杞憂だった。

男は無言のまま、両刀を鞘ごと抜き取って床に置いた。

履いていたカンジキを、半乾きの雪沓からはずし、身に着けていた蓑笠を脱いだ。

蓑の下からあらわれた衣裳は、仕立ても上品で、織りには艶があって、襟元や肩先の布地もぴんと張り、ほどよく糊が利いている。

「袖振り合うも多生《たしょう》の縁、と申す。このような雪嵐の晩に、同じ小屋で一夜をすごすのも、宿世《すくせ》からの約束であったのかもしれぬ。退屈しのぎに身の上話でもしながら、吹雪が止むのを待とうではござらぬか」

抹香《まっこう》臭いことを言いながら、男は顔を覆っていた黒頭巾を取った。

囲炉裏の火が、勢いよく燃えて、剥き出された男の顔を、明々と照らし出した。

「あっ」

兵馬は思わず五助と顔を見合わせた。

頭巾を脱いだ男は、意外にも、眉目秀麗な顔をしている。

七

蓑笠を着けていたときには、雪穴から迷い出た熊のように見えたが、厚ぼったい毛皮（蓑）を脱ぎ捨てると、まったく別人のような趣《おもむき》があった。

この男はれっきとした白河藩士で、しかも高禄を取っている、裕福な武士に違いない、と兵馬は思った。

上品そうな召し物をよく見れば、肌触りの柔らかな絹地ではなく、丈夫で長持ちしそうな綿服を着ている。

これには理由がある。

凶作が続いた天明の頃、白河松平の家督を継いだ定信は、質素倹約を信条として、領民に絹物を着ることを禁じた。

虚飾を嫌った定信は、地織りの太物《ふともの》を奨励したので、臣下もまた主君に倣《なら》って、俸禄の多寡にかかわりなく、質朴な綿服を身に着けている。

この男が綿服を着ていることは、白河藩士の証しのようなものだ。

それにしても、何者なのか。

頭巾を取った顔には、日焼けの跡もなく、筋骨は逞しく、上背があって、育ちの良さを思わせる、伸びやかな体軀をしている。

どう見ても、雪嵐の夜に、山まわりに出なければならないような、低い身分の男ではない。

なんのために此処《ここ》へ来たのか。

ぬくぬくとした暮らしに、慣れているはずの上級武士が、白魔の吼える雪嵐の晩に、雪深い山中を歩きまわっている理由が知れない。

勘ぐれば、討っ手らしくもあり、討っ手らしくもない。

素顔を見せた男からは、先ほどまでの凄みが、消えたようにも見えたが、さらに得体の知れない凄みが、たゆたっているような気もする。

蓑笠を脱いだ男は、火に近い炉端へ坐り直した。

「挨拶が遅れたが、それがしは、御坂《みさか》と申す浪人者でござる。どうやらおぬしも、ご浪人中とお見受けする。ここはまあ、ご同業ということで、お見知りおき願いたい」

意外にも、礼に適った挨拶をする。

ふざけたことを。

兵馬は男の言い草が気に障《さわ》った。

浪人は職業ではない。

職も仕事もない者を、ご同業とは烏滸《おこ》がましい。

それに裕福そうなこの男が、はたして浪人者かどうかも疑わしかった。

永禄・天正の昔ならいざ知らず、いまどきの浪人者が、裕福そうな暮らしなどできるはずはない。

どうしても、いかがわしい男だ、という眼で見てしまう。

しかし、男の態度は堂々としていて、嘘をついているようには見えなかった。

待てよ、と兵馬は思った。

御坂だと？　どこかで聞いたことのある名だ。

五助も同じことに気づいたのか、これまで取り繕ってきた間抜け面が、みるみるうちに青ざめて、空とぼけていた眼は虚ろになった。

そうか、聞いたことがあるはずだ、と兵馬はすぐに思い出した。

定信が、藩政改革に取り組んでいた頃、藩の重職にあった御坂監物《けんもつ》が、何者かに暗殺されるという事件があった、と兵馬に告げたのは、たしか奥州無宿の五助だった。

不慮の死を遂げたという監物は、御坂と名乗るこの男と、何らかのかかわりが、あるのかもしれない。

兵馬は単刀直入に訊いてみた。

「率爾《そつじ》ながらお尋ねする。おぬしは、御坂監物どのに、ゆかりのある御仁か」

男の顔には、一瞬、驚きの色が走ったが、すぐに落ち着いた声になった。

「御坂監物は、それがしの父でござる。貴殿は、生前の父を知っておられるのか」

どうやら嘘ではないらしい。

うらぶれた浪人者に向かって、貴殿、などと呼びかけるのは、いかにも空々しいが、これも藩の要職を務めた父を持つ育ちのよさだろう。

「お会いしたわけではないが、どこかでお聞きした名と思ってな」

言うな、というように、五助が目配せした。

「おぬし、何者だっ」

御坂と名乗った男の眼が、薄闇の中にきらりと光った。

「白河藩の領内では、亡き父の名は知っていても、父の名を口にする者はおらぬ。恐れ憚るところがあるからだ。それゆえ父の名が、他国にまで伝わることはないはずだ。江戸者のおぬしが、どうして父の名を知っているのだ」

兵馬の右脇に置かれた、そぼろ助廣が気になるらしく、御坂と名乗った男は、昂《たかぶ》りそうになる声を抑えている。

兵馬は驚嘆した。

まさか、このような展開になろうとは、予想もしていなかった。

これは偶然か、それとも、どこかで故意が働いているのか。

記憶の片隅からたぐり出された御坂監物の名は、微塵流の赤沼三樹三郎と、かかわりがないとは言えなかった。

そして、天明の打ち毀しのとき、五助が目撃した白河藩の機密とも、どこかで繋がっているようにも思われる。

八

御坂監物は六百石取りの白河藩士で、先代定邦の頃から藩財政を支えてきた能吏だが、いまから六年前、斬殺死体となって白河城の外堀に浮かんだ。

監物は能吏というだけでなく、剣の腕も立つ男で、藩の要職にありながら、深夜でも供を連れずに出歩くことがあった。

それが禍《わざわい》して、闇夜に暗殺された。

謎の多い事件だった。

目撃した者は誰もいない。

これまで、しばしば取り沙汰され、やがて消えていった、辻斬りの噂と同じだった。風説のみが先行して、あったかどうかも判然としない、ただの噂話かもしれなかった。

しかし死体は残った。

御坂監物ほどの遣い手を、一刀のもとに斬り捨てたのは誰なのか。

若い頃の監物は、藩内でも五指に入る、と言われた遣い手だった。老いたりとはいえ、むざむざと賊に討たれるような男ではない。

そうなれば、暗殺者の数は絞られてくる。

しかし彼らには、監物を殺さなければならない理由は見あたらない。

風説は風説を呼び、噂は噂を重ねたが、事件はすぐに藩庁の手で揉み消され、すべてが闇から闇へと葬られた。

しかし、いつまでも消えなかったのは、監物を斬ったのは、赤沼三樹三郎ではないかという、根も葉もない噂だった。

そのとき、噂の渦中にあった三樹三郎は、ありもしない辻斬りの嫌疑をかけられて、城内の牢に繋がれていた。

辻褄が合わない嫌疑だった。

そもそも、辻斬りそのものが、あったのかどうか疑わしい。

風評によって育てられた多数の悪意は、孤立した真実を押しつぶす。

三樹三郎の非情な剣が、人々の憎しみを買って、あいつは辻斬りでもやりそうな男だ、というたわいない噂が、辻斬りかもしれない、という臆測を呼び、辻斬りに違いない、と決めつけてしまう。

三樹三郎の嫌疑がそうだった。

死体を見た者は誰もいない。

辻斬りそのものが、ただの噂かもしれなかった。

でっち上げの容疑で、三樹三郎は、ありもしない罪を着せられていたのだ。

その遠因とも言える小事件があった。

恒例となっている、諏訪神社への奉納試合で、三樹三郎は同門の兄弟子を不具にしてしまったのだ。

三樹三郎は小身の三男坊だが、不具にされたのは大身の嫡男だった。

泣き寝入りなどするはずはない。

あの男が遣うのは魔剣だ。

危険な男を野放しにはできない。

親戚衆を動員して圧力をかけてくる。

辻斬りの下手人はあの男だ。

ありもしない風評が吹き荒れた。

三樹三郎を牢に繋いだのは、憶測によって積み重ねられた憎悪なのだ。

藩庁でも、そのことは薄々わかっていたようだった。

しかし三樹三郎は、取り調べもないまま、城内の牢に繋がれた。

そうまでして三樹三郎を、拘束しなければならなかった理由はなんなのか。

藩庁の処置には、どのような意図が隠されていたのか。

謎だ、と兵馬は思う。

微塵流の赤沼三樹三郎は、藩内屈指の遣い手と言われたが、どれほど剣の腕が立っても、御徒組の三男坊では、冷や飯食いの境遇から抜け出すことはできない。

若くして微塵流を学んだ三樹三郎は、たちまち俊英ぶりを示した。

出世の糸口となったか。

そうではなかった。

むしろ、そのことで反感を買った。

剣の修行など、飯の足しにもならない、よけいに腹が減るだけだ、無駄なことを、と親戚の者にまで陰口を叩かれる。

厄介者の身で、役にも立たないことをしている、と言われてしまえば身も蓋もない。せめて算盤でも習っておけば、丁稚奉公の口でもあったのに、と背を向けたとたんに揶揄される。

食うためには、進んで身を落とす武士も、当節ではめずらしくなかった。

もともと食うや食わずの下級藩士の、三男坊として生まれた三樹三郎は、実体を伴わない武士になど、さっさと見切りをつけて、食うことを先に考えるべきだったのかもしれない。

しかし三樹三郎は、ただでさえ貧しい生家の、厄介者の身に甘んじていた。

剣の道を極める。

このまま、ゆけるところまで行くしかない。

あたら剣才を持っていたことで、赤沼三樹三郎は、容易に引き返せない崖っぷちに、立たされていたのだ。

世間の眼は冷ややかだった。

辻斬りの噂があるたびに、三樹三郎の名が囁かれた。

ありもしない辻斬りの、いるはずのない下手人として。

御坂監物が斬られたときもそうだった。

そのとき三樹三郎は、身に覚えのない冤罪《えんざい》を着せられて、城内の牢に繋がれていた。

辻斬りの嫌疑だった。

ほんとうに辻斬りが、あったかどうかもわからないのに、それを口実にして、三樹三郎は牢に繋がれていたわけだ。

城内に監禁されていた三樹三郎が、城外で監物を斬ることなど、どう考えてもできるはずはない。

しかし、あきらかな事実も、何かの都合によっては、事実ではなくなってしまう。

根も葉もない噂や、揣摩憶測《しまおくそく》が、ありもしない現実を、まるであったかの如く、でっち上げてしまうのだ。

虚が実となり、実が虚となって、いかにもありそうな事として、世間に流布されることもある。

御坂監物が斬られた夜、外堀の木陰に身をひそめていた暗殺者、赤沼三樹三郎の姿を確かに見た、と証言する者まで出てくる始末だった。

その結果として、三樹三郎はどうなったのか。

処罰されたわけではない。

罪状も不明のまま釈放されたのだ。

だが、それ以来、三樹三郎の生き方は大きく変わった。

昼の顔を持たない陰の者となって、世間には夜の顔しか見せなくなる。

ある種の蔑《さげす》みを以て、影同心と呼ばれ、人々から忌み嫌われながらも、三樹三郎が遣う微塵流の剣技は、いよいよ冴えわたっていったという。

陽のあたる場所から、徐々に遠ざけられていった三樹三郎は、藩政改革における負の部分、無慈悲な汚れ役を引き受けて、生きてゆくより他はなかった。

運命とは、かくも苛酷なものなのか。

殺伐とした三樹三郎の運命に、優しくかかわってきた女人がいた。

美しい奥女中、藤乃《ふじの》との恋は、闇の中に咲いた一輪の花だったのだ。

日蔭の花として散った藤乃は、嬉しげな死微笑を浮かべていた。

殺戮者と化した三樹三郎は、兵馬の『有情剣』に斬られて、迷いの中にあった冥府魔道から解脱《げだつ》した。

兵馬がわざわざ五助を伴って、雪深い白河までやって来たのも、白河で生まれ江戸で死んだ哀しい男女の、供養を兼ねていると言えなくもない。

しかし、雪の白河領に足を踏み入れてから、兵馬にはある種の疑念が生じている。

三樹三郎は、あのようにしか、生きられなかった男なのか。

それを運命と言えるのか。

違うだろう、と兵馬はひそかに反駁する。

どこかに作為があるのではないか、と思わざるを得ない。

藩の要職にあった御坂監物を、藩の密命で斬った刺客が、兵馬の知る三樹三郎だとしたら、城内の牢に繫がれていたという三樹三郎は誰だったのか。

二人の三樹三郎が、別な人物ではなかったとしたら、三樹三郎の幽閉と殺戮には、生殺与奪を握る者の、陰の意図が働いていたことになる。

御坂監物を暗殺せよ、と三樹三郎に命じたのは誰なのか。

藩財政に通じていた御坂監物が、斬られなければならなかった理由はなんなのか。

すべてが、繫がっているようで、繫がらない。

いや、そうではなく、やはり繫がっているのだ、と兵馬は思う。

五助が恐れていた影同心は、御坂監物を斬った闇の刺客と、やはり同一人物だったのだ。

兵馬が監物の名を覚えていたのは、影同心が藩の重職を斬ったことを、奥州無宿の五助に聞いていたからに他ならない。

それらの断片を繋ぐ、重要な鍵を握っているのは、奥州無宿の五助、いや、鏡石村の義民、地遁げした潰れ百姓の五郎左衛門なのか。

その五助が、眼の前にいるというのに、肝腎なことを問い糾すこともできないもどかしさに、兵馬は苛立つ思いを抑えかねた。

九

「浪人者の身と言われるが、お見受けしたところ、おぬしは世の浪人者とは違って、食い詰めているわけではなさそうだ。むしろ、暮らし向きは、かなり豊かではないかと思われる。何か内福の極意でもござるのか」

兵馬は冗談にまぎらわせて、御坂監物を父と呼ぶ男に、それとなく探りを入れてみた。

「たぶん、おぬしと同じようなことをして、食いつないでいるだけでござる」

男はさりげない口調で、その実、鋭く切り返してくる。

「同じようなこと？」

兵馬は空とぼけて問い返した。

「さよう。あれ、のことでござるよ」

何もかもわかっている、という顔をして、男は皮肉っぽい薄笑いを浮かべている。

「あれ、でござるか」

したり顔をしている男の魂胆を見抜いて、兵馬は思わずギョッとした。

あれ、とは何を指しているのか。

江戸で暮らす兵馬が、賭場の用心棒や、始末屋お艶の手伝いをして、どうにか食いつないでいることを、奥州白河に住んでいるこの男が知るはずはない。

賭場であれ、女郎街であれ、用心棒稼業は、兵馬にとっては世を忍ぶ仮の姿、というよりも、世をあざむく表の顔で、裏の仕事を韜晦《とうかい》するための方便とも言える。

御坂と名乗る謎の男が、勿体ぶって『あれ』と言うからには、兵馬が隠している裏の顔を、指しているに違いない。

兵馬が持つ裏の顔が、御庭番宰領であることを知っているのは、御庭番家筋の倉地文左衛門しかいないはずだった。

この男が知っているはずはない、と兵馬は思う。

それでは鎌を掛けているのか。

「なにも隠すことはない。ある筋からの知らせで、おぬしが白河の関を越えられたと聞いて、雪嵐の中を訪ねて参ったのよ。まあ、そういうことだ。つまり、おぬしと同じようなことをしている、と心得てもらいたい」

同じようなこと？　つまり隠密稼業ということか。

「違ったかな？」

ずけずけと、言いたいことを言う男だ、と兵馬は呆れ返って物も言えない。

たとえ同じ匂いを嗅ぎあてても、おたがいに隠密であることには触れないようにするのが、この稼業の掟《おきて》ではないのか。

それなのに、御坂と名乗るこの男は、触れてはならない領域にまで、ずかずかと踏み込んでくる。

それにしても、と兵馬は思う。

御庭番宰領の手当など、微々たるものだ。

賭場の用心棒をして日銭を稼いだり、女郎街の始末屋に転がり込んで、その日その日を暮らしているのも、御庭番宰領の手当だけでは食えないからだ。

同じようなことをしている、というこの男が、妙に懐具合がよさそうなのは何故なのか。

うらやましく思うより、むしろ不気味さを感じてしまう。

さらに解《げ》せないことがある。

この男が言っている『ある筋』とは、どのような筋のことなのか。

兵馬は臨時雇いの御庭番宰領にすぎないが、御庭番家筋の倉地文左衛門は、れっきとした幕府直参で、将軍家に直属している隠密の元締めなのだ。

その倉地にしても、宰領を務めている兵馬の動きまで、逐一知っているわけではない。

遠国御用の任務を果たした後は、骨やすみの休養が与えられ、その間はどこへ行こうとも兵馬の勝手しだいだ。

どうやら、この男の言う『ある筋』は、御庭番を超える諜報網を持っているらしい。

そもそも白河入りした兵馬の動きを、誰がどのようにして知り、どのようにしてこの男に伝えたのか。

しかもこの男は、そのことを隠すこともなく、むしろ、ひけらかすようにして、幕府隠密の末端に繋がる兵馬に告げている。

何故そのようなことを敢《あ》えてするのか。

この男の魂胆こそ知れたものではない。

「おぬしとは、仲よくできそうに思ったが、時と場合によっては、最大の敵となるかもしれぬな」

男はふと哀しそうな眼をした。

「それが今なのか、遠い先のことになるのかわからぬが、いずれにしても、おぬしの動き次第だ、とだけ忠告しておこう。できたら敵に廻したくはない。このまま黙って江戸に帰ってもらえれば、双方とも丸く収まるのだが……」

吹雪の音が激しくなった。

炭焼き小屋の中にまで、銀箔のような粉雪が舞い込んでくる。

五助は無言のまま背を丸め、赤錆びた鉄の火箸で、囲炉裏の火を掻き立てている。

「駄目か」

男は赤い炎を見つめながら、淋しそうに言った。

「いずれは、命のやり取りをするかもしれぬ相手だ。そのときになって、名も知らぬまま斬り合うのも味気ないものだ。いまのうちに、お互いの名乗りを、交わしておこうではないか」

闇の中に火の粉が舞った。

「承知」

兵馬は短く答えた。

「ありがたい。ならば、言い出しっぺの拙者から名乗ろう」

男は背筋を伸ばして座り直した。

「それがしの名は、御坂謙吾《みさかけんご》。白河藩勘定吟味役の御坂監物は、わたしの父だ。父が非業の死を遂げてから後も、御坂家に対する藩の待遇が変わることはなかった。しかし父の生前とは違うことが一つだけある。御坂家の六百石は、藩財政とは別口から出る陰扶持で、それがしは白河藩を解雇された浪人の身だ」

男の言うことに嘘はないらしい。

よくわからないのは、謙吾が浪人した後も、御坂家では六百石の陰扶持をもらっているということだ。

そしてもう一つ、白河藩を解雇された御坂謙吾が、白河領内にとどまっている、というのも訝《いぶか》しい。

当主が非業の死を遂げたので、家禄を召し上げられて廃絶された、という話はよくあるが、御坂家のような例は聞いたことがない。

「六百石の陰扶持とは、ずいぶん豪勢なことだな。それは亡くなられた監物どのへの褒賞か。それともおぬしの陰働きに対する報奨なのか」

兵馬が問い詰めると、御坂謙吾は薄く笑ってはぐらかした。

「さて、どちらであろうかな」

いずれにしても御坂家は、というよりも御坂謙吾は、浪人してからも、白河藩と特殊な関係を持ち続けているらしい。

兵馬は脱藩して江戸へ出奔したが、兵馬のゆくえがわかってからも、江戸藩邸では何故か黙認している。

それは、弓月藩の執政となった魚沼帯刀《うおぬまたてわき》の配慮で、出奔した鵜飼兵馬の藩籍を削らず、江戸に長期遊学をしている、ということで処理されているからだった。

これはかなり特殊な例で、脱藩浪人には藩から刺客が送られ、処分されても文句は言えない。

藩士としての籍が残されたのは、兵馬が老中首座の松平越中守定信と、昵懇の間柄にあるという噂を真《ま》に受けて、幕閣とのあいだを取り持ってもらいたい、という小藩の涙ぐましい思惑があるからに他ならない。

あらぬ期待だ、と苦笑せざるを得ないが、その兵馬でさえ、藩からの扶持は削られたままで、江戸に出てからは、賭場の用心棒をして食いつないできた。

たとえ陰扶持とはいえ、浪人となった御坂謙吾が、父の監物が在世していたときと同じ家禄を得ているというのは、他に類例のない処遇と言えるだろう。

「さあ、おぬしの番だ」

御坂謙吾に促されて、怪訝な思いを残したまま兵馬は名乗った。

「拙者は鵜飼兵馬という浪人者でござる。脱藩してからすでに十八年余になる。世のしがらみはすべて捨てた。もはや根っからの浪人者と言ってもよろしかろう。小藩の名は、さわりがあるので伏せておきたい」

御坂謙吾は不満そうに舌打ちした。

「おぬしが鵜飼兵馬であることは、先刻から承知している。いまの名乗りには、何ひとつとして、耳新しいことがないではないか。それがしは身内の辱《はじ》までも、隠すことなく語ったつもりだが、おぬしは肝腎なところを隠している」

御庭番宰領であることを、告白せよと言うのだろうか。

兵馬は軽く反駁した。

「拙者はおぬしのことを何も知らないが、おぬしは拙者の秘密まで知っているような口ぶりだな。どこで誰から、どのようにして聞いたのか。おぬしの方こそ、肝腎なところを隠しているのではないのか」

謙吾は苦笑した。

「それは、死ぬときまで、言えぬことだ」

兵馬も苦笑した。

「拙者も同じだ」

しかし、これで、どちらも隠密稼業にかかわっていることが、確認されたわけだ。

謙吾の言う死ぬときとはいつのことだ。

たった今か、それともこの場は回避されるのか。

十

吹雪の音がまた激しくなった。

むせび泣くような風の音が、あるいは高く、あるいは低く、遠ざかり、近づきながら、波打つように伝わってくる。

「待て」

込み入ってきた話の途中で、謙吾は片手をあげて兵馬を制した。

「誰かが訪ねてきたらしい」

兵馬も気配を感じていた。

よほど耳を澄まさないと、聞こえないほど微かに、ほとほとと板戸を叩く音が、聞こえたような気がする。

吹き荒《すさ》ぶ吹雪が、板戸を嬲《なぶ》っている音かと思われたが、それとは違う気配が近寄って来るのを、兵馬は剣客らしい過敏さで感じ取っていた。

「よく人の訪れる夜だな」

兵馬は冗談のように言ったが、本心は舌打ちしたいような気分だった。

招かざる客ばかりが訪れるので、白河藩の機密を握っているらしい五助から、もうすこしのところで、肝腎なことを聞き出すことができないでいる。

兵馬は皮肉っぽく呟いた。

「先ほどは黒熊、こんどは白狐か」

五助は黙って火を掻き立てている。

謙吾の眼は兵馬の動勢を探っている。

「外はさぞ寒かろう」

小さな声で五助が言った。

「遠くから灯が見えた」

御坂謙吾も言を添える。

「そうか」

兵馬は頷いた。

白魔が荒れ狂う雪嵐の晩に、吹雪に迷った人々が、一軒の小屋に寄り集《つど》うのも、仏典に言う『多生の縁』というものか。

されば、来る者は拒まず。

板戸の心張り棒は、御坂謙吾が入ってきたときから、取りはずしてある。

兵馬は吹雪に向かって声をかけた。

「戸口は開いている。遠慮なく入られよ」

吹雪の中に立っているのは、白河藩から送られた討っ手とは違う、という確信が兵馬にはあった。

荒々しい殺気もなく、生々しい気魄もない、ただ在るものが在るといった、あえかな気配だけが伝わってくる。

吹雪の夜に、思いを残したまま、さ迷っている亡魂か。

雪の精かもしれない、という思いがふと兆した。

ばかな、と兵馬はすぐに打ち消した。

雪女か。

そもそも旅の初めから、雪に眩惑されていた、と思わないでもない。

兵馬が遠国御用から帰った晩、江戸に一年ぶりの雪舞いがあった。

雪に濡れた夜鷹のお蓮と一緒に、花川戸の駒蔵の家へ転がり込み、そこで、久しくゆくえを断っていた奥州無宿の五助と再会した。

三人で奥州街道を北へ向かったのも雪の中だった。

那須野では猛吹雪に遭い、難を避けるため雪原に穴を掘って、身動きもままならない狭い穴の中で、三人は身を摺り合わせるようにして吹雪の夜をすごした。

目覚めるとお蓮は消えていた。

それを訝《いぶか》る兵馬に、あれは雪女だったのだ、と五助は言った。

雪舞いとともにあらわれ、吹雪とともに消えた。

あれは雪女だったのだ。

そう思うより他はなかった。

この旅の初めから、兵馬は雪女に取り憑かれていたのだろうか。

そう言われてみれば、あの女は冷たい肌をしていた。

気になっていたのはそのことだ。

火の玉お蓮、などと言っていたが、兵馬は女の芯で燃えていた火照《ほて》りを知らない。

雪嵐はさらに烈しさを増したようだった。

厚い板戸がカタカタと鳴る。

すきま風が吹き込んで、囲炉裏の炎を激しく揺らす。

気がつくと、いつの間にか戸口は開いて、穴蔵のような暗闇の中から、白魔が忍び込んで来るところだった。

雪にまみれた白い姿に、元結いがほどけて垂れた長い黒髪。

美しい女だった。

激しい雪嵐の中を、女は笠も着けずに歩いてきたのか。

女の髷は、激しい雪嵐に崩れ、吹雪に舞う乱れ髪は、夜目にも白い額や頬にかかって、女の表情はわからない。

闇に舞う吹雪の中で、剝き出しにされた女の身体は、無防備なまま、雪嵐に晒《さら》されている。

わずかに肩を覆っている小さな簑も、御坂謙吾が着けていた、熊の毛皮のように厚味のある簑とは違って、激しい吹雪を防ぐには頼りなかった。

女の着物には、一面に薄い氷結が取り付き、織り柄も色合いも定かではない。

頭髪から足の先まで、まるで雪化粧を施したように、白一色にきらめいている。

しかし、女の姿に痛ましさはない。

むしろ凄惨なその姿に、妖しい美しさを覚えて、兵馬は思わずゾクッとした。

これは幻覚ではないか。

吹雪の夜に、軒下に吹き寄せた雪が、寒風に吹き曝され、真っ白い薄氷が凝り固まって、美しい女の姿に見えるのかもしれない。

「雪女！」

これまで一言も口を利かず、囲炉裏端の火を掻き立てていた五助が、悲鳴に似た声をあげた。

「雪女だ！」

それは恐怖の叫びだったのか、あるいは歓喜の声だったのか。

間抜け面を装っていた五助は、その一瞬には、身を守るための仮面を脱ぎ捨てていたに違いない。

「こんばんわ」

蚊の鳴くような声で雪女が言った。

どこかで聞いたことのある声だ、と兵馬は思う。

「お蓮ではないか」

とっさに出てきた名前を口にした。

「うれしい」

雪女はわずかに笑みを浮かべた。

「あたしのこと、覚えていてくれたんですね」

絶え入るような声で、お蓮は言った。

「どうしたのだ、お蓮。このようなところで、何をしている」

雪嵐の中を歩いてきたお蓮は、いまも生死の境をさ迷っていることが、兵馬にはわかった。

「獣《けだもの》のような男を、殺してきたんですよ」

お蓮は虚脱したような声で言った。

「あんな奴が生きていたら、不幸になる女が増えるだけ」

雪にまみれた白い手が、黒い泥で汚れているように見えるのは、洗っても洗っても落ちなかった血糊なのだろう。

「誰も止めなかったわ。殺されて当然な奴だったの」

お蓮は身体中が冷えきって、ここまで歩いてくるのが、精いっぱいだったのかもしれない。

「しっかりしろ」

よろける女を支えようとしたが、差し伸べた兵馬の手をすり抜けるようにして、お蓮は戸口の土間に倒れ込んだ。

五章　雪　影

都をば霞とともにたちしかど
秋風ぞ吹く白河の関

一

応徳《おうとく》三年（一〇八六）、白河天皇に奏覧された『後拾遺《ごしゅうい》和歌集』羈旅《きりょ》五一八に、能《のう》因《いん》の歌として載っている。

撰者は当代を代表する歌人の、藤原通俊《ふじわらみちとし》、勅撰和歌集としては四番目の国家事業で、『拾遺和歌集』から洩れた、和泉式部《いずみしきぶ》、赤染衛門《あかぞめえもん》、伊勢大輔《いせのたいふ》、相模《さがみ》、中宮定子《ちゅうぐうていし》、大弐《だいにの》三位《さんみ》、清少納言《せいしょうなごん》、祐子《ゆうし》内親王家紀伊《きい》、小式部内侍《こしきぶのないし》など、女流歌人が多く撰ばれていることにも特徴がある。

すなわち『後拾遺和歌集』とは、王朝後宮（女房）文化の、最期を飾る『華』を集めた歌集、とも言えよう。

この年、白河天皇は、第二皇子善仁《たるひと》（堀河天皇）に皇位を譲り、みずからは上皇《じょうこう》となって、同年霜月《しもつき》から院の庁を開いて院政を始める。

これ以後、この国の政庁は院と朝廷の二重政体となり、源頼朝が鎌倉に幕府を開くまで、白河、鳥羽、後白河の三代、およそ一〇六年間にわたる院政時代が続いた。

院政時代とは、幼帝の外戚となって政権を握った藤原摂関家に対する、退位した天皇の叛逆であり、上皇や法皇が、自前の軍隊をもった時代と言ってもよいだろう。

嘉保《かほう》二年（一〇九五）には、北面《ほくめん》の武士が置かれ、藤原一門の私兵となっていた源氏と競い合うようにして、平家が白河上皇の私兵となって働くが、これが武士の世を招来する遠因になろうとは、その時代の人はまだ誰も知らない。

都にはまだ青葉にて見しかども
紅葉散り敷く白河の関

これは、能因法師が白河の関を歌枕にしてから、およそ百数十年後に詠《よ》まれた源三《げんざん》位入道頼政《みにゅうどうよりまさ》の歌である。

鵺《ぬえ》退治で知られる頼政は、保元《ほうげん》乱・平治《へいじ》乱で生き残った唯一の源氏だが、当時は武士というより歌人として知られた。

平家の全盛をよそに、凡庸な生涯を終えるかに見えた頼政は、晩年になってから武士らしい意地を見せた。

治承《じしょう》四年（一一八〇）、平家討伐の陰謀が洩れた。以仁王《もちひとおう》を擁して南都に向かった頼政父子は、重衡《しげひら》が率いる平家軍に追撃され、宇治川の橋桁をはずして防戦したが、衆寡敵せず、頼政は平等院の芝地で老い腹を切った。

すでに老齢に達していた頼政が、どのような心境で、全盛期の平家に叛旗を翻したのか、老歌人の内奥に潜む心の襞はわからない。

しかし、源三位頼政の挙兵を機に、伊豆の頼朝、木曾の義仲《よしなか》をはじめ、諸国の源氏が蜂起して、その後およそ五年に及ぶ源平合戦に突入する。

源氏の勢力を一掃するため、北陸に向かった平家の主力軍は、諏訪の御射山《みさやま》神事で学んだ義仲の騎馬戦術に敗れ、倶利伽羅《くりから》谷に追い落とされて潰滅した。

平家一門は恐れおののき、都を捨てて西海に逃れた。

瀬戸内海を制した平家は、一旦は勢いを盛り返すかに見えたが、一ノ谷、屋島と後退を重ね、ついに壇ノ浦で滅亡する。

西国を制覇した東国武士の実力は侮れず、時代は貴族の世から武家の世へと、一気に傾《なだ》れ込んでゆく。

つまり『白河の関』を歌枕とした二つの歌、能因と頼政の『風雅』は、院政時代の始まりと終わりに詠まれたもので、この二つの歌に挟まれた院政時代こそ、王朝文化の爛熟した美的空間だったのだ。

能因法師が『白河の関』を詠んでから、およそ百数十年の歳月を隔てて、源三位頼政が本歌取りを詠み、それから十数年後の文治《ぶんじ》五年（一一八九）閏《うるう》四月、東国武士の大軍が白河の関を越えて北上した。

奥州平泉に軍を進め、百年の栄華を誇る奥州藤原氏を滅ぼした頼朝は、泰衡《やすひら》の支配下にあった奥羽一帯を制し、鎌倉の御家人を抜擢して守護地頭を置いた。

蝦夷《えぞ》地を扼する白河は、結城《ゆうき》朝光《ともみつ》に与えられた。

鎌倉の有力御家人を、白河に配した頼朝の意図は明白だった。

源氏が陸奥国に勢力を及ぼしたのは、前九年の役、後三年の役を通してだが、両役を戦った頼義《よりよし》も義家《よしいえ》も、苦戦を強いられたわりには実質を得られなかった。

奥州を実効支配したのは源氏ではなく、安倍《あべ》氏であり、清原《きよはら》氏であり、北の王者と言われた奥州藤原氏だった。

頼朝には先祖の労苦に対する痛切な遺恨がある。

泰衡への追及が、熾烈を極めていたのはそのためだ。

頼朝は肝に銘じていたはずだった。

奥州を抑えるには、白河を押さえるにしかず。

結城朝光の本拠は下総の結城だが、孫の左衛門尉《さえもんのじょう》祐広《すけひろ》は、白河に本拠を移して、搦山《からめやま》に城を築いた。

祐広の孫、結城親朝《ちかとも》は、搦山城の西北西に位置する阿武隈《あぶくま》川の畔、小峰《こみね》山に支城を築いて小峰氏を称した。

やがて、この小峰城が結城氏の本城となり、天正《てんしょう》十八年（一五九〇）小峰義親《よしちか》が秀吉に領地を没収されてからも、会津に封ぜられた蒲生氏郷《がもううじさと》の支配するところとなり、氏郷が転封されたあとは、会津に移った上杉景勝の領有となった。

関ヶ原合戦（一六〇〇）後は、ふたたび蒲生氏に帰したが、寛永《かんえい》四年（一六二七）棚倉《たなくら》から移封された丹羽五郎左衛門長重《にわごろうざえもんながしげ》が、四年の歳月を掛けて小峰城を改築し、近世城郭にふさわしい平城に造りかえた。

それが今に伝わる白河城で、その後は、丹羽、榊原、本多、奥平、松平、久松（松平）と城主が入れ代わっても、城郭は丹羽長重に造営されたときから変わらない。

二

鏡石の炭焼き小屋を出た兵馬は、五助と連れだって白河城下へ向かっていた。

六年前に五郎左衛門が隠した白河藩の機密文書を、あのとき埋めた土中から掘り出したい、と奥州無宿の五助が言ったからだ。

江戸に出てからも、五助は橋の下を転々としながら、埋めた文書を掘り返す機会を窺っていたという。

しかし影同心が恐ろしくて、六年間は白河城下に帰れなかった。

五助が恐れていた影同心は、血狂いして白河藩邸で斬られ、しかも今回の旅には、三樹三郎を斬った腕利きの用心棒が同行している。

おまけに、心配になる旅の費用は、用心棒の兵馬が持つことになっている。

いささか虫の良すぎる条件だが、五助はそれだけ万全を期して、白河領へ戻ってきたと言ってよい。

鏡石村の炭焼き小屋を出て、白河城下へ向かったのは兵馬と五助だけだった。

一晩中吹き荒れた雪嵐も、明け方になると峠を越した。

雪道に慣れた御坂謙吾は、兵馬たちを小屋に置き捨てたまま、腰まで埋まる深い雪塊を掻き分け掻き分け、ひとり鏡石の里へ下って行った。

意外に思われたのは、密偵の通報を受け、吹雪の夜に訪ねてきた謙吾から、地遁げした鏡石の潰れ百姓、五郎左衛門への追及がなかったことだ。

五助の間抜け面を見て、手配中の顔を思い出せなかったのか、雪嵐を冒して隠れ家を襲ったにもかかわらず、謙吾は意外にあっさりと出て行ってしまった。

御坂謙吾の狙いは、天明三年の騒動に加わった、鏡石村の義民を捕らえるためだったのかもしれない。

間抜け面をした五助には、鏡石村を救おうとした、義民の面影がなかったからなのか、あるいは、この場で腕の立つ兵馬と争うことを不利とみたのか、いずれにしても謙吾の思惑はわからない。

それにしても、気儘な男だ、と兵馬は思う。

藩命を受けた藩士なら、そのような勝手が許されるはずはない。

ひょっとしたら、御坂謙吾が浪人したというのは、白河藩士という制約を離れて、自由自在に振る舞うための方便かもしれなかった。

六百石の陰扶持をもらっている謙吾は、いわば財力に任せて、白河藩のありとあらゆる村に、通報者を飼っているのではないか。

猛吹雪を冒して、いきなり隠れ家に踏み込んできたのも、鏡石村の百姓の中に、御坂と通じている者がいるからだろう。

それにしても、隠密稼業をしている、というわりには、隠し事らしい隠し事もせず、妙に堂々としている男だった。


「お蓮は可哀相なことをした」

兵馬は暗い声で呟いた。

御坂謙吾が去り、兵馬が去り、五助も去り、誰もいなくなる隠れ家には、冷たくなったお蓮だけが残される。

雪女。

あるいは白魔。

それがお蓮の正体だったのか。

那須野の雪原に消えたお蓮は、吹雪の舞う隠れ家にたどり着くまで、どこで何をしていたのだろうか。

憎い男を殺してきた、とうわごとのように言っていたが、お蓮は死に臨んでも、その男とのかかわりを語ることはなかった。

お蓮は殺した男を、それ、としか呼ぼうとしなかった。

それをすませたお蓮は、すっかり虚脱したようになって、もう何もやることが無いことに、気づいたのかもしれない。

ふと思いついたように、五助が生まれ育ったという鏡石村に足を向け、たまたま出会った百姓から、兵馬の消息を聞き出したのだという。

死を覚悟していたお蓮は、猛吹雪の中を一晩中さ迷って、ようやく炭焼き小屋までたどり着いたが、そこで力尽きて死んだ。

お蓮には、雪はやさしい、という思いが強すぎたのかもしれない。

雪に素肌を晒しても、あたしは凍えて死ぬことはない、と信じていたに違いない。

雪はやさしく、雪は非情だ。

那須野の雪原をさ迷い出てから、お蓮は暖かい臥所《ふしど》に寝たことは無かったのだろう。

連日の吹雪で、殺した男の発見が遅れたのを幸い、あるいは雪原に臥し、雪穴に潜って、追っ手の眼を逃れようとしたに違いない。

お蓮の身体は奥の奥まで蝕《むしば》まれていた。

無理を重ねたせいだろう、と兵馬は思う。

お蓮は全身が氷のように冷えきって、燃えさかる囲炉裏の火でいくら暖めても、命を取り留めることはできなかった。

「あの女は幸せだったのかもしれねえ」

五助は重い口を開いた。

狂ったように吹雪いた雪嵐の晩、山間の炭焼き小屋に迷い込んできたお蓮は、あのときすでに、凍死していたのかもしれなかった。

「おめえの腕に抱かれて、何も言わずに息絶えたお蓮は、生きていたときよりも、ずっと穏やかな顔をしていた」

五助はお蓮の冥福を祈るように眼を瞑った。

「そうだよな、お蓮さん、おめえはやっぱり、幸せだったんだな」

まるで生きているお蓮に語りかけるように、五助はひとり呟いている。

兵馬の腕の中で、眠るようにして死んでいったお蓮の、雪女のような白い姿が、五助の眼の先にちらついているようだった。

「だから、可哀相だなんて言うことはねえ。苦しまずに死んだことを、喜んでやるべきじゃあねえのか」

それに、生きているときよりも、ずっと綺麗な顔をしていた、と五助はいまさらのようにつけ加えた。

「雪国生まれのお蓮が、よりによって、吹雪の夜に凍死するとは」

兵馬は思いあまって、それから先を口にすることができなかった。

火の玉お蓮などと、よくも言えたものだ、と兵馬は腹の中で、死んだ女に向かって毒づいてみた。

吹雪の中をさ迷って、ようやく小屋にたどり着いたとき、おまえは身体中が氷のように冷たくて、火の玉どころか、どこにも温かいところなど無かったくせに。

すると、死んだはずのお蓮が、水鏡に映る影絵のように、ゆらゆらと揺れながら、記憶の底から浮かび上がってくる。

(お蓮は挑むような眼をして言うだろう)

あたしを抱いてごらん、触れば火傷するくらい、熱い肌をしているんだから。

(お蓮は誘うような眼をしている。死んだ女の眼ではない。淫欲の誘いか。聖なるまなざしか)

嘘をつけ、おまえは冷えきっている、いくら温めても氷のようだ。

あんた、知らないの、女の肌は、男に抱かれて熱くなるのさ、そんなに疑うなら、試してごらん。

冷えきったおまえの身体は、媾合《まぐわい》をするには弱りきっている、そのようなことを試したりしたら、そのまま死んでしまうぞ。

それで死ぬんなら、死んだっていいわ。

(お蓮の命は長くあるまい。とても媾合などできる身体ではない。こうして声を出すことにも、かなり無理をしているに違いない)

もう何も言うな、無茶なことばかり言う女だ。

あんたに抱かれたい、ねえ、抱いて。

(兵馬は腕の中にそっとお蓮を抱きかかえる。氷のように冷たい。藁のように軽い)

こうか。

それじゃ足りない、もっと強くして。

あまり強く抱くと、おまえが毀れてしまいそうだ。

(氷は割れる。力を加えたら、罅《ひび》が入って、パリンと割れる。毀れて消える)

もう動かせなくなった身体だもの、毀れたって、かまやしないわ。

何を言うか、おまえはまだ若い、養生さえすれば、おまえの身体は、すぐ動くようになる。

気安めを言わないで、あたしはもう駄目、自分ではわかっていることなの。

諦めるな。

諦めたわけじゃないの、ただわかっているだけ。

わからないことを、言うものではない。

(お蓮の眼が輝きを増す。死んでゆく女のものとは思われない。お蓮は童女のように甘えている)

嬉しい、あたしのわがままを、聞いてくれるのね。

ばかな女だと、思っているだけだ。

どれだけ?

ばかはばかだ、どれだけもヘチマもない。

(お蓮は兵馬の顔を見つめている。楽しそうだ。死んでゆく女の表情ではない。いや、死んでゆく女でなければ、こんな顔はしない)

あんたは優しいね。

ばかなことを言う、人を斬った男が優しいはずはない。

(お蓮は兵馬が血に汚れた男であることを知っている。鉄火場で恐れられている凄腕

の用心棒であることも知っている。非情な殺し屋だという噂も聞いている）

あたしも人を殺したのよ、だから死なななければならないの。

（お蓮は血なまぐさいことを言う。どんな男を殺したというのか。お蓮が殺したのは、親に取り残された小娘を欺して、江戸の女郎屋に売り飛ばした女衒か。それともお蓮を女衒に売った薄汚い近親の男か。あるいはお蓮を裏切って、女衒に売り渡した薄情な情人か。お蓮は復讐のために郷里へ帰ってきたのか。だから、兵馬に累を及ぼすまいとして、吹雪の去った那須野の雪原から、雪女のように消えてしまったのか。お蓮は吹雪の中を、その男に逢いに行ったのだろう。そして確信を得たのかもしれない。この男は殺さなくてはならないと。お蓮は窮地に追い込まれていたのか。可哀相にと兵馬は思う）

おまえは、殺さなければならないところまで、追い詰められたのだ。

いつもよ、いつも追い詰められているわ。

（生きていることが不安なのか。この女には一生よいことなど無かったのか。そんな生き方しかできなかったお蓮が、このまま死んでしまってよいものか。兵馬は切羽詰まったように胸の中で叫ぶ）

死ぬな。

でも無理、もう口も利けないの。
死ぬな。
死ぬわ。
死ぬな。
死にたくないわ。
そう思うなら生きろ。
無理よ。
生きろ、生きようと思え。
死ぬわ、いつも死ぬことばかり考えていたわ。
生きろ。
初めてよ、死にたくないと思ったのは。
だから死ぬな。
いくら生きたいと思っても、もう駄目、あんたの顔が、ぼっとしか見えなくなった。
抱いてやる、だから約束してくれ、諦めないと。
嬉しい、初めてよ、あたしの方から抱かれたいと思った男は。
おまえの身体は冷えきっている、抱けば毀れそうなほど凍《い》てついている。

それがあたしよ。

わかっている、おまえは雪女、おまえは身体の芯に火の玉を蔵している雪女だ。

(お蓮はだんだんとろりとした目つきになる。眼を見開いてはいるが、もう何も見えなくなっているのかもしれない。どのような思いがお蓮の脳裏に過《よ》ぎっているのか。お蓮は嬉しそうな顔をして、うわごとのように呟き続ける)

あたしは、火の玉お蓮と呼ばれていたの。

雪と火の玉、難しい取り合わせだな、でも、おまえらしい。

あたしは火の玉お蓮と呼ばれていた。

そうだ、おまえは熱い火の玉を内に秘めている。

あたしは火の玉お蓮。

そうだ、おまえはお蓮、極楽浄土に咲く蓮の花だ。

浄土だなんて、ふっふふ、あたしは、まだ死んでいないのよ。

そうだ、おまえは生きている、生きなければならないのだ。

あたしはいま境目にいるみたい。

境目?

そう、境目よ、もうじき向こう側に行ってしまうわ。

生から死へ?

いいえ、死から生へよ。

わかった、そのとおりだ。

これまで居たところが、あたしにとっては死の世界だったのよ、これから生の世界へ向かって、旅立ってゆくのだわ。

もう行くのか?

そう、いま蓮の花がポンと開いたわ、あそこがあたしの坐るところかしら。

(兵馬は思わずギョッとして、狼狽《うろた》えたように叫ぶだろう)

行くな、そこは死の世界だ。

でも、駄目、もうお別れよ。

行くな。

わがままを言わないで、やっと楽になれるのよ。

行くな。

あたし、ほんとうは行きたくないの、でも、駄目みたい。

諦めるな。

でも、最後にあんたと出逢えた、思い残すことはないわ。

このまま終わってしまうなら、おまえの生はあまりにも暗い。

それほどではないのよ。

おまえに、喜びを与えることができなかった。

うぬぼれないで、誰にだって、そんなことできはしないわ。

諦めるな。

お別れよ。

まだ早い。

いいえ、遅いわ。

待ってくれ。

無理。

頼むから、待ってくれないか。

せっかく開いた蓮の花が、こうしている間《ま》に、萎《しぼ》んでゆくわ、あたしの坐るところが、無くなってしまう。

もう境目を過ぎたのか。

そうみたい。

お蓮、お蓮、どこを見ている。

(瞼は開いている。だが瞳は動かない。それは暗い鏡。それは沈んだ沼)

お蓮、お蓮、何を見ているのだ。

(いま命が消えた。すっと、向こう側に行ってしまった。もうお蓮はいない)

お蓮、何が見える。

(いくら揺り動かしても返事はない。雪女は消えた。淡雪のように消えた。あとには何も残らない。残された遺骸はお蓮の抜け殻にすぎない)

おまえの見たものが、おれには見えぬ。

(お蓮は境目の向こう側から、兵馬の呼びかけに答えるだろう)

やがて見えるわ、きっと見えるわ。

(思いが消えれば存在も消える。存在が消えても思いは消えない)

三

白河城下に着いたときは、すでに夕闇が濃くなっていた。

冷え錆びた上弦の月が、雪明かりの道をぼんやりと照らしている。

夜空に浮き上がった巨大な樹が、灰色に暮れた雪原に、黒々とした影を伸ばしている。

「いまが真昼なら、あの樹と樹の隙間から、遠く城の白壁が見えるはずだ」

白河城下に潜入した五助は、白河藩の機密文書を埋めた目印を捜して、白河城を見下ろす小峰山に続く雪原へ兵馬を案内した。

「あのときは夢中で逃げて、気がついたときには、お城がある小峰山に登っていた。このあたりは城地に近く、領民の立ち入りが禁じられている。人目を避けるには好都合だが、見張りのさむれえに見つかったらただではすまねえ。まして藩の機密文書なんか持っていたら、その場で首を斬られてしまうに違えねえ。あの切れっ端は、最後の切り札と思っていたが、時と場合によっては、とんでもねえ災難も呼びかねない。そう思って、人目に立たねえ所に埋めたのだ」

奥州白河城は、小峰山に築かれた梯郭《ていかく》式の平山城で、城地は北方が高く、南に向かって壇を築くような形で傾斜している。

そのため城郭の守りは、南斜面に基壇を重ねた塁濠を備えるが、北は阿武隈川を外濠とする天然の要害となっている。

恐ろしい影同心に追われて、五助が無我夢中で迷い込んだのは、白河城下を見下ろす小峰山の西側に広がっている斜面だった。

「あのときは暮れ六つに近かったから、真っ赤に燃える夕陽が、いまにも沈もうとして、陽の光を受けた杉の梢が、このあたりまで影を伸ばしていた」

伸びきった杉の影と、城の白壁が見える樹の隙間が交わるところに、六年前の鏡石五郎左衛門は、油紙で包んだ機密文書を埋めたのだという。

「しかし、打ち毀しがあったのは天明三年の葉月《はづき》であろう。いまは寛政二年の如月《きさらぎ》だ。季節が違えば落日の刻限も変わってくる。まして影の長さなどあてにはなるまい。それに文書を埋めてから六年も経てば、目印にした杉の梢も伸びるだろう」

兵馬は五助の言った目印を、あまり当てになるものとは思っていない。

五助は自信ありげに続けた。

「影の長さは覚えている。右の根本から百五十歩、左の根本から二百歩のところに、こんもりと茂っている草叢《くさむら》があった。草の根と草の根が絡み合って、その下が小さな洞《うろ》のようになっている箇所に、油紙に包んだ文書を突っ込み、その上から土をかぶせ、さらに蔓草を植えて、ちょっと見にはわからねえようにしておいたから、このあたりに立ち寄る者がいたとしても、絶対に気がつくはずはねえ」

いくら慌てていたとはいえ、藩の機密文書を隠すには、安易すぎるのではないか、と兵馬は思う。

「さあ、どうかな。埋めてから、もう六年も経つのだ。城山の草刈りに来た百姓が掘り出し、書き損じの屑紙だと思って、厠《かわや》で尻を拭いたかもしれないではないか」

兵馬はまだ疑っている。

しかし五助の自信は、その程度のことでは揺るがなかった。

「おれは百姓だ。百姓がすることくらいは見当が付く。そういうことのねえ場所に隠したのだ」

疑わしげな兵馬の言い方に、いささか腹を立てているらしい。

「しかし、あたり一面は雪だらけだ。どこがおまえの言う草叢なのか、こう雪に埋もれては、見当が付かないではないか」

五助が隠した文書が見つからなければ、苦労して白河まで来た甲斐がない。

六年前とは季節が逆さまだ。

暑い盛りの目印など役に立つはずはない。

「おめえは心配性だな。雪が吹き溜まっている所、風に流されて平坦になっている所を比べて見れば、元の地形は見当が付くはずだ」

五助は土地の者らしい自負を見せたが、あたりが暗くなるにつれて、兵馬は焦りを感じはじめていた。

「だんだん闇が深くなる。もう城も見えなければ、梢の影もわからない。これでは目印を捜すより、おまえの記憶をたどった方が、手っ取り早いのではないか」

六年前の目印など当てになるか、地元の者なら土地勘を働かせろ、手っ取り早く掘り出してくれ、と兵馬は苛々しながら、五助の捜し物に付き合っている。

ここは城地に近い、いや城地そのものだ、最も危険な場所に入り込んでいるのだ、と兵馬は思う。

のったりとした五助の動きは、危なっかしくて見ていられない。

いつまでもぐずぐずしていて、城兵たちから怪しまれでもしたら、取り返しが付かないことにもなりかねない。

そうなれば、うさぎ狩りか猪狩りのように、四方八方から狩り立てられるのは眼に見えている。

冗談ではないぞ、と兵馬は気が気ではなかった。

腰まで埋もれる雪原では、兵馬の得意とする『走り懸《が》かり』は遣えない。

白河藩の城兵を相手に一合戦、などということは御免蒙りたい。

陽が落ちて闇が迫る。

闇は白い雪の上に黒い裳裾《もすそ》を垂れ、白銀の輝きを奪ってゆく。

黒々とした闇の底には、色彩を失った銀灰色の景色が広がっている。

「まだ見あたらぬか」

兵馬は急に、これまでと違う焦燥を覚えた。

その理由は定かでないが、兵馬の胸には波打つものが確かにある。

陽が落ちて、激しい冷え込みに襲われた。

兵馬の感覚は研ぎすまされ、深い闇の中から、見えない何かをつかみ取ろうとする。

それが何であるか、見ることができない。

見ることはできないが、在るということはわかる。

兵馬は単純なことに気づいた。

しだいに濃くなってゆく闇の中に、何者かの気配が感じられる。

近づくでもなく、遠ざかるでもないこの気配は、底知れない危険をはらんでいるように思われた。

「五助、まだ思い出せぬか」

兵馬は気忙しくせきたてた。

「ちょっと黙っていてくれねえか。いま考えているところだ」

のんびりと見える五助にも、兵馬の苛立ちが伝わらないはずはない。

闇に暮れた景色を透かし見ながら、思案をめぐらしているらしかった。

兵馬は足の運びを変えた。

雪を踏み固めるようにして、不意の襲撃に備えたのだ。

五助が間延びした声で言った。

「このあたりではねえかな」

やはり、土地勘の方が当てになるではないか、と兵馬は呟いた。

「ここでまちがいはねえと思うが」

五助は歩数をかぞえながら、機密文書の隠し場所を確かめ直しているらしい。

闇が急激に深くなって、数歩先も見えなくなっている。

つい先刻まで、ぼんやりと見えていた地形も、いまは深い闇に隠されて、斜面の屈曲を予測することさえできない。

五助は迷っているように見えた。

あたり一帯は濃い闇に鎖《とざ》されているので、周囲を見ながら位置を確かめることは難しい
五助の土地勘も当てにならない、と兵馬は肩を落とした。

兵馬はぼんやりと眼を遊ばせた。

そのときになって兵馬は、平坦なはずの雪原に、不自然な凹凸が刻まれていることに気づいた。

「まて、あれはなんだ」

これまで気づくことは無かったが、兵馬の足下に広がる雪原には、盛りあがったり、沈み込んだりして、何者かの手が加えられた痕跡が残されている。

不自然に盛りあがった雪塊の真ん中には、黒々とした闇があった。

雪穴だ、しかも、かなり深い。

昨夜の吹雪で穴の底は埋まり、周囲に盛りあげられた雪塊も、風に吹き崩されているが、掘られてからまだ日数は経っていない。

機密文書が埋められていたのは、この場所に違いない、と兵馬は直感した。

「誰かが掘り返したのだ」

一足先にやられた、と思って、兵馬は忌々《いまいま》しさに舌打ちした。

大坂蔵屋敷で芽生えた、漠然とした疑念を、ようやくここまで絞り込んできたのに、最後の土壇場で烏有《うゆう》に帰したか。

「五助しか知らないはずの隠し場所を、知っている者が他にもいるのか」

思わず兵馬の語気も荒くなった。

「そんなはずはねえ。あれはおれの命綱だ。誰にも教えたことはねえ」

五助は気の毒なほど狼狽していた。

たまたま藩の機密を知ったことから、影同心を恐れて江戸へ遁《に》げ、奥州無宿と名を変えて、橋の下で過ごした六年間はなんだったのか。

これで手持ちの札はなくなった、城との取り引きもお終いだ、と五助は落胆し、気根も尽き、まるで抜け殻のようになっている。

「では、何者のしわざなのか」

どう考えてもわからない。

五助は白河町の打ち毀しに加わり、そのまま地遁げしたのだから、その前に別れた鏡石村の百姓が、文書の隠し場所を知っているはずはない。

城下を襲った打ち毀し衆の中にも、あのとき逃げ遅れた五助が、藩の機密文書を持ち去ったと、知っている者はいないだろう。

まして、立ち入り禁止の小峰山に、それを埋め隠したとは思うまい。

打ち毀しにあった米問屋が、恐れながら、と訴え出たか。

それができるくらいなら、頑丈な樫の箪笥などに隠してはおくまい。

あれは公にできる文書ではない。

いざというときの証文にと、秘め隠していたものに違いない。

訴えるにしても闇から闇、これは影同心の仕事だろう。

影同心の暗躍には、切り裂かれた文書をめぐる、眼に見えない闘争があったのかもしれない。

機密文書を埋めた場所を捜し当て、雪穴を掘り返したのは誰なのか。

微塵流の赤沼三樹三郎か、あるいは天流の青垣清十郎が、影同心の執念で、掘り当てたとしても、残念ながら季節が合わない。

三樹三郎と清十郎は、いずれも昨年の夏に死んでいる。

雪穴はまだ新しく、この数日中の仕事と思われるから、去年の死者が、今年になって積もった雪を、掘り返せるはずはない。

兵馬は雪穴のようすを調べながら、何か他に手掛かりはないかと、周囲の闇を見透かした。

すると、奇妙なことが気になった。

積雪の乱れはここだけではない。

闇の底に沈み込んでいる、暗い穴と暗い穴が、波打つように繋がっている。

これは、どうしたことだ。

「見ろ。雪を掘り返した跡は、この一箇所だけではないぞ。まだ新しい雪穴と雪穴が、切れ切れの洞窟のように繋がっているのだ」

それを聞いた五助は、にわかに生き返ったようになって、おどけた間抜け面をほころばせた。

「それなら安心だ。おれの埋めた秘密の紙切れは、まだ誰も掘り返してはいねえよ。雪穴の形を見ればわかるはずだ。飢えて里に下りてきた野猪が、芋の根でも掘った跡に違えねえ。おめえはどうも大袈裟でいけねえ」

四

「そこまでだ。御苦労であったな」

いきなり暗闇の奥から声がかかった。

「おめえは誰だ」

五助は驚いて飛び退いた。

いつもの間抜け面に繕う余裕もなく、かつての義民、鏡石五郎左衛門の、精悍な顔に戻っている。

「まさか忘れはすまい」

闇が答えた。

もちろん忘れるはずはない。

早朝に別れた御坂謙吾が、押し迫る闇の中に身を隠していたのだ。

「ともに一夜をすごした炭焼き小屋では、あやうくその間抜け面に欺されそうになったが」

謙吾は一気に間合いを詰めてきた。

「うぬを泳がせておいた甲斐があったわ」

異変を知った兵馬が、粉雪を蹴って駆け寄ったが、雪沓が滑って思うように動けない。

雪の中では鈍ってしまう兵馬の動きを、謙吾は計算に入れていたらしい。

残忍な笑みを浮かべて言った。

「うぬの隠した秘密の書き付け。これさえ手に入れれば、うぬになど用はない」

五助は蒼白になった。

その瞬間に、すべてを理解したに違いない。

五助が隠した機密文書のゆくえを、執念深く追っていたのは、影同心の赤沼三樹三郎や、青垣清十郎ではなく、影同心の暗躍と軌を一にして、白河藩を浪人し、しかも六百石の陰扶持をもらっているこの男だったのだ。

あの秘密文書は、隠されていてこそ命綱、掘り出されたときには殺される。

「気の毒だが、消えてもらおう」

御坂謙吾は腰の大刀をスラリと抜いた。

ガチッ。

刃鋼と刃鋼が、激突し、弾け合う。

チチッ。

闇を斬り裂く赤い閃光。

不意を襲われた五助は、百姓らしからぬ動きで飛び退いたが、弾かれて軌道を逸した謙吾の剣は、獲物を狙って離さない蛇のように、執念深く追いかけてくる。

謙吾の剣がわずかに伸び、切っ先の一寸五分で獲物を捕らえる。

太刀風を食らって、五助は仰向けざまに吹っ飛んだ。

即死ではない。

謙吾の狙いは外されている。

「邪魔だてするな!」

暗殺者は怒りを露《あら》わにした。

「その男を殺させるわけにはゆかぬ」

冷たく光るそぼろ助廣を手に、兵馬は刺客の前に立ちはだかった。

「おぬしとは、剣を合わせたくない、と思っていたが……」

御坂謙吾は絞り出すような声で言った。

「この件にかかわったのは、おぬしの不運。死んでもらう他はなさそうだな」

兵馬は青眼に剣を構えながら、斬られた五助を眼の端にとらえた。

五助は雪の上に突っ伏して、恐怖のあまり眼を剝き出し、激しい苦痛に襲われて蝦《えび》のように身を反らしている。

「しっかりいたせ」

生死を確かめようとして、声をかけても返事はなかった。

肩口を斬られ、傷口から血を噴き出しているが、傷の深さはわからない。

「抜かったわ」

いくら暗闇の中とはいえ、刺客の接近に気づかなかったのが悔やまれる。

すべては一瞬の出来事だった。

刃渡り二尺七寸という御坂謙吾の剛剣は、鞘を離れると同時に五助を襲っていた。

それと知った兵馬は、雪を跳ね飛ばして駆け寄り、とっさに抜き合わせたが、五助を襲った謙吾の剣がわずかに早かった。

鋭い金属音と赤い閃光。

謙吾の二尺七寸は、飛び退いた五助の肩口に、わずか一寸五分の差でかろうじて届き、そのまま袈裟懸けに斬り下げていた。

兵馬は慚愧《ざんき》のあまり吐き捨てた。

「不覚であった」

目の前で五助が斬られたのは、屈辱以外の何ものでもない。

凄腕の用心棒、と言われてきた兵馬の矜持は、これでズタズタに切り裂かれたことになる。

屈辱はそれだけではなかった。

およそ兵法者らしからぬ失策を、兵馬は犯してしまったのだ。

兵馬の佩刀はそぼろ助廣。

折れやすいと言われている大坂物の新刀だった。

また刃毀《こぼ》れさせてしまった、と思って兵馬の胸には鋭い痛みが走った。

二尺三寸五分のそぼろ助廣は、長年使い慣れてきた腰の物だ。

兵馬の工夫になる『飛剣夢想崩し』も、そぼろ助廣が身体の一部となっている、という境地と無縁ではない。

幾多の剣難に遭ってきたそぼろ助廣は、刀身も傷つき、刃毀れしているが、兵馬はこれまでに一度も研ぎに出したことはない。

たとえわずかとはいえ、刃渡りや身幅が薄くなったり、刀身が軽くなったりしたら、手に狎《な》れた刀剣の均衡が崩れて、手元に微妙な狂いが生ずるからだ。

わずかでも重心が狂えば、兵馬が工夫した『飛剣夢想崩し』は効力を失う。

兵馬の刀法は、年齢とともに微妙な変化を見せたが、長年使い慣れたそぼろ助廣は、兵馬の変化に合わせて、より使いやすい刀剣になっているように思われた。

かつて兵馬は、療養中の老中首座、松平越中守定信に呼び出され、江戸湾を臨む広大な白河藩下屋敷で、刀剣談義に及んだことがある。

古流や古刀を好む越中守は、大坂物の新刀は折れやすい、心得のある剣客なら、相州物の古刀を腰に帯びるべきだ、と言い張って譲らず、刃毀れした大坂新刀しか持たない兵馬に、金襴の刀袋に収めた相州物という古刀を押し付けた。

古流の刀法を伝える小田半之丞《おだはんのじょう》から、真剣勝負を挑まれ、早暁の十万坪で闘ったとき、逆袈裟に斬り下げた兵馬の剣は、鍔元三寸のところで折れ飛んだ。

そのとき兵馬は、ふだん使い慣れたそぼろ助廣ではなく、越中守から拝領した相州物の古刀を携えて、半之丞との遺恨試合に臨んだのだった。

古流を伝えるという半之丞は、兵馬の走り懸かりを食らって吹っ飛び、すでに勝敗は決していたとはいえ、越中守が推奨した相州物の古刀は、思いがけないことに、その衝撃で折れてしまった。

そのとき小田半之丞は、戦場で鍛えた古流のたしなみとして、小袖の下に明珍《みようちん》の鎖帷子《くさりかたびら》を着込んでいたのだが、だからといって、一撃で古刀が折れたのは、どう考えても腑に落ちない。

兵馬が拝領したのは、鎌倉から本拠を移した『小田原相州伊勢大掾綱廣《たいじようつなひろ》』と銘が入っている業物《わざもの》だった。

同じ相州物でも小田原打ちは、古刀と言っても末古刀で、刀匠正宗《まさむね》の鍛えた鎌倉古刀とは作柄が違う。

それにしても、と兵馬は思い出す度に冷や汗が流れる、おのれの身命を委ねる刀剣は、みずからの眼で撰ぶべきだ、うわさや評判を当てにしていたら、ほんの一瞬で命取りにもなりかねない。

生命《いのち》を代償にして得た苦い教訓だった。

折れやすいと言われる大坂新刀、兵馬の愛刀そぼろ助廣は、使い込めば使い込むほど手になじみ、刃毀れはしても折れることはなかった。

しかし、いまの衝撃はかなり効いた、もう一度このようなことがあれば、折れてしまうかもしれない、と兵馬は思う。

孤剣を頼りに生きている兵馬にとって、歳月を掛けて手になじんだそぼろ助廣は、わが身の一部と言ってよい。

この剣が折れるときは、わが命運も尽きるときだ、やがてその日は来る、と兵馬は覚悟している。

飛剣夢想崩しは一撃の剣。

斬り損なって刃《やいば》と刃で撃ち合ったり、鎬《しのぎ》を削って斬り結ぶような、未練未熟な刀法ではない。

そう自負してきた兵馬が、五助を守ろうとして、蛇のように襲いかかった謙吾の二尺七寸を、とっさに抜き合わせたそぼろ助廣で受けた。

あの一瞬の太刀打ちは、孤剣に徹した兵馬の命運を、一気に磨り減らしたかもしれなかった。

闇に舞う火花は、やがて散ってゆく生命《いのち》の破片かと思われた。

五

二人は剣を抜いたまま睨み合った。

雪の中で闘うときは、どこに立ち位置を取るかで勝敗が分かれる。

雪に覆われた小峰山には、なだらかな斜面のところどころに、落とし穴のような吹き溜まりが隠されている。

あるいは、吹き曝しになって岩盤が露出し、氷結して滑りやすくなっているところもある。

平坦に見える雪の下に、どのような陥穽《かんせい》が隠されているのか、一見しただけではわからない。

間諜たちの通報によって、兵馬の先回りをしていた御坂謙吾は、小峰山の地形を読み、足場を固め、待ち伏せしていたのだ。

すべては計算ずみのことだったのか、と兵馬はいまになって思う。

鏡石の炭焼き小屋を出たときから、謙吾は密偵を放って、兵馬たちの動向を、覗《うかが》っていたに違いない。

潰れ百姓の五助と、浪人者の鵜飼兵馬、この二人を斬るには、どのようなところが好都合か、冷静に考えていたようだった。

五助が隠した秘密文書を、確実に奪い取ることが、何よりも優先する。

その次は、藩の機密を知った潰れ百姓の口を封じること。

最後に、この件に横合いから首を突っ込んできた、御節介な浪人者を、消さなければならない。

この男は手ごわい、と謙吾は思ったに違いない。

失われた機密文書を、手に入れさえすれば、あとの始末はなんとかなる、と思ったかもしれない。

兵馬の動向を見張らせていた、間諜たちの通報で、六年前に埋めた文書を掘り出すため、五助が白河城のある小峰山に向かったと知って、謙吾は小躍りしたに違いない。

よそ者の用心棒には、小峰山の地形はわからない。

吹き溜まりに落ちて、足の踏み場を失えば、得意な走り懸かりも遣えなくなる。

人目のないところで始末をつけたい、と思っていた謙吾にとって、一般の立ち入りが禁じられている小峰山は、無宿者の潰れ百姓と、よそ者の浪人者、身許の知れない二人を、人知れず斬殺するには、好都合な場所だった。

兵馬はつい勘ぐってみたくなる。

謙吾の追跡を振り切ったつもりが、実は謙吾の策略に嵌《はま》って、うかうかと小峰山に誘い込まれてしまったのではないかと。

先回りしていたはずなのに、逆に先回りをされていたのだ。

野猪が掘り崩した雪穴の底から、五助が六年前に埋めた、油紙で包んだ秘密文書を掘り当てた。

謙吾はそれを確かめてから、機密を知ってしまった不運な百姓を襲ったのだ。

刃渡り二尺七寸の剛剣を抜いて、五助を斬ろうと身構えたとき、謙吾は万全の体勢を調えていたに違いない。

凄まじい殺気を感じた兵馬は、五助を斬らせまいと、新雪の中に踏み込み、とっさに抜きつれて、謙吾の二尺七寸と刃を合わせた。

二尺七寸を弾き返したとき、踏み込んだ足元が崩れ、兵馬は吹き溜まりに嵌って、足場の悪い雪に埋まった。

「どうした。掛かってこい」

優位に立った御坂謙吾は、誘いを掛けるように、だらりと長剣を下げている。

へたに動けば、その瞬間に斬られる。

兵馬は謙吾の誘いに乗らなかった。

「ううっ、ううっ」

暗い闇の底から、苦しげな呻き声が聞こえてきた。

謙吾に斬られた五助が、息を吹き返したらしい。

「うううっ、うあぅ、ううぅ」

手当てをすれば、助かるかもしれない。

「ぐぅあぁ。ぎぃぐぐぅ、るるあぁ」

五助は何かを喋ろうとしている、と兵馬は思った。

「ぞぉ、ぶぅ、だぁ」

炭焼き小屋で言い漏らしたことを、伝えようとしているのではないか。

兵馬は耳を澄ませた。

「びぃぐぅあ、づぅびぃだ、ぐぁ」

五助の呻き声は、やはり呻き声にしか聞こえない。

遠い。

苦しげな呻き声ではなく、何かを伝えようとしている五助の声を、はっきりと聞き取るためには、ここから距離がありすぎる。

兵馬は雪に阻まれて、落ち込んだ吹き溜まりから動けなかった。

五助は大丈夫か。

このまま放っておけば、まちがいなく凍死するだろう。

たとえこの場は生き延びたとしても、遠からず全身が壊死《えし》してしまうに違いない。

はやく助けなければ、と気ばかりが焦る。

兵馬は引き裂かれた選択を迫られていた。

ここで御坂謙吾を倒さなければ、五助を救い出すことはできない。

五助に気を取られて剣の構えが乱れたら、その一瞬に生じた隙を、謙吾が見逃すはずはない。

兵馬の頭上から、あの刃渡り二尺七寸が襲ってくるだろう。

どうしたらよいのか。

吹く風は凍てついて粉雪を飛ばす。

闇に覆われた冬の雪原は、すべてを凍らせる白魔の棲むところだ。

兵馬の額には脂汗が滲んでいる。

進退窮まったか、と思わざるを得ない。

兵馬とは反対に、謙吾は落ち着きを見せた。

「無外流、走り懸かりの術。これまでに狙いを外したことはない、と聞いている。しかし残念だな。おぬしの得意技も、吹き溜まりの雪に埋もれた体勢からは遣えまい」

五助の斬殺を邪魔されて、怒りを隠さなかった闇の刺客も、有利な立ち位置を占めたことで、余裕を取り戻したようだった。

兵馬は眉も動かさずに応じた。

「さすがだな。そこまで調べてあるのか」

謙吾は思っていた以上に、手ごわい相手かもしれなかった。

兵馬は口では謙吾の気を引きながら、半身が埋もれた吹き溜まりの雪を、藁沓の底で小刻みに踏み固めていた。

吹き溜まりに足を取られた兵馬に、勝機がめぐってくることはない、もはや勝負は見えた、と謙吾は思っているのかもしれない。

いまは時を稼ぐことだ、と兵馬は耐えることにした。

謙吾の話をできるだけ長引かせ、そのあいだに、吹き溜まりに積もった新雪を、踏み固めておかなければならない。

兵馬が陥った吹き溜まりは、足元の雪が柔らかくて、このままでは、跳躍することも、踏み込むこともできない。

風が強くなった。

深まる闇と、吹きつのる風にまぎれて、しだいに饒舌になってゆく謙吾は、雪穴の底を踏み固める兵馬の動きに、気づくことはなかった。

「その他にも、おぬしについて知るところは多い」

どうやら御坂謙吾という男には、知見をひけらかす癖があるらしい。

「昨年の秋には、大坂まで行ったそうだな」

そこまで見透かされていたのか、と思って、兵馬は背筋が寒くなった。

御庭番家筋の倉地文左衛門が、将軍家に直属する隠密であることは、いわば公然の秘密と言ってよい。

しかし、遠国御用に赴く倉地文左衛門に、浪人者の兵馬が同行していることを、知っている者はいないはずだ。

御庭番宰領であることは、旧知の江戸留守居役市毛平太、目明かしの駒蔵、葵屋吉兵衛はじめ、世話になっている始末屋の若い衆にも隠している。

それなのに、奥州白河藩の隠密と名乗るこの男は、知るはずのない兵馬の正体を知っているらしい。

謙吾は畳み込むように言った。

「おぬしは大坂の蔵屋敷で、つまらぬことに興味を持った。よせばよいものを。それがおぬしの命取りになったのだ」

歌舞伎役者のような口元に、不敵な笑みを浮かべた男は、誰も知るはずはない兵馬の秘密を、どこまで知っているのだろうか。

影の影と言うべき、御庭番宰領の動きにまで、調べを入れているのは何故なのか。

兵馬は不気味なものを感じて、

「物好きなことだな。奥州白河に腰を据えているおぬしが、江戸の食い詰め浪人を調べて、何を探ろうとしているのだ」

不快そうに言った。

謙吾という男は、間諜にはめずらしく、どこかに育ちの良さを残している。

そらぞらしくシラを切ったり、あえて嘘をつくような男ではない。

ところが、兵馬の予期に反して、

「おれは、おぬしほど物好きではない」

謙吾は不機嫌そうに眉をひそめた。

「おぬしがおかしな動きをすれば、さる高貴なお方に、甚大な迷惑をお掛けすることになるのだ」

どうやら謙吾は、本気で腹を立てているらしい。

「どう考えても、変ではないか。大坂から帰ってきたと思ったら、江戸を素通りして、奥州白河まで足を延ばすとは。物好きもほどがあるぞ」

この男の狙いは五助ではなく、おれだったのかもしれない、と兵馬は思った。

大坂蔵屋敷での一件を知っているこの男が、白河領に潜入した兵馬を警戒しないはずはない。

この男は奥州白河藩から、法外の陰扶持を受けているという。

理由のないことではあるまい。

暗殺された白河藩の重臣、御坂監物の遺志を受け継ぐ謙吾は、隠された藩の機密を握っている、いや、それを守ろうとしている『最後の男』なのだ、と兵馬は確信した。

大坂蔵屋敷と、奥州白河町の米問屋を結ぶものはなんなのか。

六年前の五助、いや、鏡石村の百姓総代として打ち毀しに加わった五郎左衛門が、たまたま手に入れた帳簿の断片には、どのようなことが書かれていたのか。

天明三年に起こった白河城下の打ち毀しと、鏡石五郎左衛門の出奔には、どのような関連があったのか。

微塵流の赤沼三樹三郎と、天流の青沼清十郎が、大川端の上流で斬り合い、二人の死によって、白河藩の影同心が、この世から完全に消滅した事件と、未曾有の災害をもたらした天明の大飢饉に、領内から一人の餓死者も出さなかった『名君』伝説には、どのようなかかわりがあるのか。

その繋がりさえわかれば、兵馬が大坂の蔵屋敷で抱いた『疑惑の核心』は見えてくるに違いない。

兵馬が考え込んでいるのを見て、謙吾はいきなり声を荒げた。

「おぬしはどうして白河に来たのだ。おぬしの気まぐれで、どれほどの人が迷惑しているか、一度でも考えたことがあるのか」

謙吾の剣幕は尋常ではなかった。

矛先を逸らそうと、兵馬はわざと空とぼけて、

「そぞろ神に憑かれて、風狂の思いに駆られたまでのこと」

柄《がら》にもなく元禄の俳人を気取ってみた。

すると謙吾にも風狂の嗜みがあるらしく、

「ならば、名ばかり残った白河の関で、へたな俳句でも捻って満足したら、そのまま真っ直ぐ江戸表に帰るべきであった。風狂なら風狂で通せばよいものを、無粋な潰れ百姓とかかわって、よけいなことに首を突っ込みすぎたな」

謙吾は二尺七寸の剛剣を突き付けて、兵馬の気まぐれを咎めた。

「ここまで深入りしたからには、このまま無事に帰すわけにはゆかぬ。鏡石村の潰れ百姓と、鵜飼兵馬が死ねば、それがしに与えられた影の役目も、ようやくに終わる。思えば長い日々であった」

兵馬は踏み固めた足元を確かめてみた。

どうやら間に合ったようだ。

六

刃渡り二尺七寸の剛剣が、いきなり襲いかかってきた。

闇が濃すぎて、剣の動きを見ることはできない。

それとは逆に、吹き溜まりに埋まった兵馬は、白い雪の中から浮き立って見える。

初めから勝敗は、決まっていた、と言ってよい。

謙吾の饒舌は、時を稼ぐためだった。

吹き溜まりの雪に埋もれた兵馬の足は、時が立つほど冷えきって、動こうとしても動かなくなる、と謙吾は冷静に計算していた。

兵馬の武器が、走り懸かりにあることを、謙吾は知っていたに違いない。

走り懸かりの威力が、足の働きにあることも、熟知しているはずだった。

これを封じるには、足場の悪い場所に誘い込み、兵馬の足を働かせないようにする必要があった。

五助を斬らせまいと、不用意に駆け寄った兵馬は、謙吾の撃剣を逸らした反動で、吹き溜まりに踏み込んで雪に没した。

そのとき御坂謙吾は、勝利を確信したに違いない。

だが、この男は慎重だった。

兵馬の手強さは知っている。

勝利を確かなものにするには、さらに念を押す必要があった。

饒舌をよそおって、攻撃を長引かせたのは、雪溜まりに嵌った兵馬の足が、雪に冷やされて氷結し、動かなくなるのを待つためだった。

もうこの男の足は動くまい、と見極めて、謙吾は兵馬の頭上から、二尺七寸の剛剣を叩きつけたのだ。

兵馬も時を稼いでいた。

柔らかな雪を踏み固めて、確かな足場に造り変え、休まず両足を動かすことで凍結を避け、跳躍に備えていたのだ。
刃渡り二尺七寸の剛剣が襲いかかったとき、兵馬は身を縮めて雪穴の底に隠れた。
謙吾には、その一瞬、兵馬が消えたように見えたかもしれない。
兵馬に謙吾の剣は見えなかった。
見えない物は感じる他はない。
謙吾は見ることによって眩《くら》まされ、兵馬は見ないことで、目眩ましからまぬがれた。
そこが勝敗の分かれ目だった、などと言うつもりはない。
不運が運を呼び寄せ、運が不運を引き寄せた。
そう言ってしまっては身も蓋もない。
謙吾に奢《おご》りがあったのか。
そうではあるまい。
この男は慎重に事を運んできた。
冷静に進めてきた最後の詰めに、抜かりがあろうはずはない。
一方は死に、一方は生き残った。
生死を分けたのは、ほんのわずかなズレでしかなかった。
兵馬が身を縮めたのは、謙吾の剣を避けるためではない。

より高く跳躍するために、低い位置まで下がったのだ。

そのとき兵馬は、わずかに身を捩《よじ》っていた。

新たに重心を定めて、攻撃に移るためだったが、結果から見れば、そのわずかな動きが、防禦の役を果たしたことになる。

斬り下げた謙吾の剣が、兵馬の頭蓋を両断する直前に、二尺七寸は何かに反応して空を泳いだ。

謙吾に迷いが生じたのかもしれない。

凍てついて動けないはずの兵馬が、斬り下げた剣の動きに応じて体《たい》を沈め、行きどころを見失った二尺七寸が空を切った。

確かに手応えはあった、切っ先は何かに触れた、と謙吾が思った瞬間、雪穴に沈んだ兵馬が跳躍して、吹き溜まりの底から躍り出た。

そのとき謙吾の眼には、地底に潜んでいた黒い魔物が、天空を飛翔《かけ》たように見えたかもしれない。

漆黒の闇を縫って、そぼろ助廣が一閃し、兵馬が着地する前に、もういちど一閃した。

鋭い刀身が、淡い雪明かりを受けて、キラリと光ったが、それはほとんど同時に起こった現象で、謙吾には二度も閃いたようには見えなかった。

謙吾は肩から下腹に掛けて、十文字に斬られていたが、わが身に起こった異変に気づかないらしく、動きもなく立ち尽くしていた。

手応えはあった、と謙吾は思った、これでおれの仕事は終わった。

謙吾の剣は兵馬の袴を斬り裂き、二尺七寸の切っ先が左の太腿まで達していた。

動きは封じた、と謙吾は思ったに違いない、これで鵜飼兵馬は走り懸かりを遣えまい。

それでも兵馬の跳躍が狂うことはなかった。

兵馬が遣う走り懸かりの醍醐味は、駆け抜ける速さにあったが、雪穴に嵌った兵馬が土壇場で工夫したのは、縦に駆ける走り懸かりだった。

一瞬で駆け抜ける横の移動に対して、縦の移動は飛距離も短くなり、動きも上下に固定されているので、移動中に敵の攻撃を受けやすい。

兵馬はわずかに捻りを加えて、真っ正面からの攻撃を逸らしたが、防禦に弱いという欠点まで克服することはできなかった。

敵の意表を突くことで一瞬の勝機を拾う。

同じ手は二度と遣えないコケ威しの剣だ。

御坂謙吾ほどの男が、こんな子ども騙しで命を落とすとは、気の毒なことだ、と兵馬は同情したが、いまになって、二尺七寸で斬られた太腿が疼《うず》きはじめた。

兵馬は嗟嘆《さたん》した。

そぼろ助廣は刃毀れするし、古傷が残る身体に、また新しい傷を増やしてしまった、まったく散々な始末だな。

雪明かりの下では、漆黒の闇にも、ぼおっとした明るみがある。

闇の底が白くなった。

もう朝を迎えるのだろうか。

兵馬は気を取り直した。

いまは感慨に耽っている暇はない。

斬り裂かれた袴の裾を包帯にして、素早く太腿の傷口を止血すると、雪の上に倒れている五助のもとに、よたよたと近づいて行った。

足元が覚束《おぼつか》ないのは、やはり太腿の傷が響いているのか。

五助は眼を見開いていた。

いつもの間抜け面をしているのを見れば、致命傷を負っているのではないらしい。

「大丈夫か」

「見たとおりだ。大丈夫ではねえ」

「しっかりしろ」

「もう駄目のようだ」

兵馬は雪明かりを頼りに、五助の傷口を調べてみた。

五助が斬られる寸前に、斬り下げられた謙吾の剣を、兵馬はそぼろ助廣を抜き合わせて受けとめている。

あの一撃で、二尺七寸の勢いを逸らした、という感触が、いまも兵馬の手の内に残っている。

五助は深手を負ったわけではなく、袈裟懸けに斬られたと言っても、兵馬から見ればかすり傷にすぎない。

ほっと安心したものの、この男のおかげで、そぼろ助廣が刃毀れしたのだ、と思えばムラムラと腹が立ってくる。

「意気地がないぞ。傷は浅い」

袴の裾を裂いた布で、一応の止血を施した。

「おれは、さむれえの意気地ってえのが大嫌えだ」

五助は減らず口を叩いている。

心配するほどのことはなさそうだった。

「それよりも、機密文書はどこにある」

白河藩の勘定方と、大坂蔵屋敷の米問屋で、どのような密約が交わされたのか。

「おめえはそういう男だ。おれの怪我より、紙屑の方に興味があるようだ」

五助は恨み言を呟きながら、濡れてクシャクシャになった汚らしい襤褸屑《ぼろくず》を、兵馬の前に突き出した。

「これを見ろ」

五助は泣くような声で言った。

「何が書かれていたのか、もう読み取ることなどできはしねえ。六年間で泥だらけになったところを、腹を減らした猪が、芋蔓とまちがえて掘り返し、うまそうな油紙だけを食い破って、中に包んでおいた書き付けを、あまりの不味《まず》さに吐き捨てたのだ」

兵馬が手に取ると、六年前に土中へ埋めた紙は、汚泥を吸って褐色に変じ、猪が吐き捨てた墨書き文書は、かなり強烈な獣の匂いがした。

これで手掛かりを失ったか、と兵馬は呆然として立ち尽くした。

この紙屑をめぐって、どれだけの命が失われたか。

「もう駄目だ。おれには手持ちの札がねえ」

最後の切り札を失った五助は、悔しさに耐えられず、雪の上に突っ伏して、啜りあげていたらしい。

それで死んだふりをしていたのか、と思ったが、あまり同情する気にはなれなかった。

「ところで、あの男は死んだのか」

五助に言われて気がついた。

こんな紙切れのために、あの男を斬らなければならなかった。

兵馬は慚愧《ざんき》の思いに駆られた。

せめて死者を弔おう、と思って謙吾の屍骸に近づくと、

「埋めた文書はどうなったのだ」

掠れた声が問いかけてきた。

まだ生きていたのか、と兵馬は思った。

走り懸かりは一撃の剣。

一撃で倒せなければ、それまでのこと、追い太刀を加えることは流儀に悖《もと》る、あえて生死を確かめるまでもない、と言われている。

しかし謙吾はまだ生きていた。

よほど妄執が強いらしい、と思ったが、それがなんなのかはわからなかった。

兵馬は謙吾の枕元に片膝を突いた。

「残念ながら、土中から掘り出したあの文書は、泥に汚れ、猪に食い破られて、何を書いてあったのか、読むことはできない。あのような紙屑のために、おぬしほどの武士が命を失うとは、まことに気の毒であったとしか言いようがない。このような件にかかわらなければ、おぬしはなんの不自由もない、裕福な暮らしができたであろうに」

兵馬は謝罪も籠めて言ったつもりだが、謙吾の眼はなぜか嬉しそうな輝きを増した。

「そうか。猪に食い破られて、読むことはできぬか」

「なんともお粗末な結末だ。われらの闘いは茶番であったな」

「それを言うな。おぬしの茶番劇はまだまだ続くのだ。気の毒なことにな」

謙吾の息が乱れて、苦しそうに呟きあげた。

「もう駄目なようだ」

荒い息を吐きながら謙吾が言った。

「おれの役目は終わった。いまは私人として語ろう」

謙吾はしばらく黙り込んだ。息を整えているらしかった。

「敵と味方に分かれていたが、おれはおぬしが気に入っている。斬られたことを恨んではおらぬ。仕掛けたのはおれだ。おぬしも気づいていることだろうが、白河藩の影同心を統括していたのはこのおれだ。非情な影同心を使って、藩を一つにするのがおれの役目だった。所期の目的が達成されてからは、不要になった影同心を消してゆくのがおれの仕事になった。おれは影同心に暗殺を命じて、互いに互いを殺させた。残酷な遣り方であったが、人知れず密殺するには、予想外の効果があった。弱い者から殺されて、最後に残ったのが、微塵流の赤沼三樹三郎と、天流の青垣清十郎だった。二人の腕は互角だった。そのうえ二人は、奥勤めの美女をめぐる恋敵だった。二人の闘いは熾烈を極めたという。ようやく昨年になって、赤沼が青垣を斬り、真相を知った赤沼は、江戸藩邸に乗り込んで斬り死にしたという」

謙吾は苦しげに呻いて、大量に吐血した。

肺が破れているらしい。

「無理をするな」

と兵馬は痛ましげに言った。

それから後のことは知っている。血狂いした赤沼三樹三郎を斬ったことで、兵馬は嫌でもこの件に、かかわらざるを得なくなったのだ。

「影同心はお互いに殺し合って、生き残っている者はいなくなった。あれほど恐れられた影同心たちは、おれの指令によってこの世から消えたのだ。それを見届けたとき、おれの役目は終わった。おれは六百石取りの藩士に戻って、父監物の役職を継ぐはずだった」

苦しそうに顔を歪めたが、苦笑しているつもりらしい。

謙吾は続けた。

「ところがそうは行かなくなった。藩の機密文書の断片が、まだ見つかってはいないのだ。文書を盗み出し、隠したという百姓は、どこへ消えたのかゆくえが知れない。江戸で無宿人になっているという噂を聞いて、影同心の赤沼三樹三郎が後を追ったが、江戸のどこへ隠れたのか、潰れ百姓の消息はつかめなかった。青垣を斬った赤沼は、最後の影同心として死んだ。赤沼が追っていた潰れ百姓のゆくえは、相変わらずわからないままだ。赤沼がやり残した仕事をするのが、おれの仕事となった。そうしているうちに、困ったことが持ち上がった。なんの因果かこの一件に、横合いから首を突っ込んできた素っ頓狂な男がある」

「拙者のことだな」

「それを抹殺することが、おれの最後の仕事となった。そして御覧のとおりの結果となったわけだ」

謙吾は哄笑《こうしょう》した。笑うたびに血を吐いた。

「あの文書は猪に食われてしまっただと。とんだお笑いぐさだ。おれは大勢の間諜を使って、盗まれた文書を捜させたが、どこに隠されているのか、この六年間というもの、わからないままだった。人知の限りを尽くしてもできなかったことが、食いしん坊の猪によって成し遂げられたとは。あの文書がこの世から消えたからには、おれの役目はすべて終わったことになる」

謙吾はまた血痰を吐いた。

「もう駄目なようだ」

謙吾の吐いた血痰で、白い雪が真っ赤に染められている。

「そうかもしれない」

走り懸かりは一撃で決まる。兵馬と闘って生き延びた者はいない。

「そうかもしれない」

正直に答えざるを得ない。

「おれの役目は影を使う影であった。貧しく、身分低く、野心があり、腕の立つ若者を、影同心として遣い、用が無くなれば消した。影同心たちが消えてゆくのを、すべて見届けてから、最後の見届け人として消えてゆく。それがおれの役目であり、運命であったのだ」

　喉の奥に血痰が絡んだらしい。謙吾は苦しげに嘔吐した。

「おれは影として生きた。そして影として死んでゆくのだ。おぬしはこの仕組みを残酷だと思うか。しかし誰もがこのような仕組みの中で生きている。平穏そうに暮らしている者は、その仕組みに気づかないだけのことだ。おぬしはおれの影。おれはおぬしの影なのかもしれない」

　謙吾は激しく咳き込んだが、しだいに咳き込む力が失せて、やがて穏やかな安らぎが訪れたように見えた。

「最後に一つだけ忠告しておこう。おれを倒したからといって安心するな。おれの影にはさらに深い影がいる」

　謙吾にはもう苦しみはないようだった。

「それは誰だ」

　兵馬は気になることを訊いてみた。

「美しい人だ。美しくて恐ろしい、非情な人だ」

　この男はもうすぐ、死の世界に入ってゆこうとしているのだ、と兵馬は思った。

謙吾は瞑想に入った。

軽く瞑った瞼の裏には、美しくて非情な人の面影が浮かんでいるのかもしれない。

謙吾の顔にはあやしい色気が加わって、まるで愛人の夢でも見ているようだった。

兵馬はその直感を確かめてみた。

「女人か」

「そうだ」

「美しくて非情な女人か」

兵馬には思いあたる面影がある。

「そして恐ろしいお方だ」

あの女は男たちを魅了して従わせる。

「おぬし、魅入られたな」

「そうかもしれない」

もう返事をする気力も残されていないのか、謙吾が頷いたように見えたのは、兵馬の錯覚だったのかもしれない。

「………」

謙吾は夢心地のまま、死に近づいてゆくらしかった。

兵馬の脳裏には、美しくて非情な女の姿が浮かびあがった。

洞窟の岩座に坐っていた裸弁天。

弁天のお涼《りょう》と名乗った隠し目付。

婀娜《あだ》っぽい鳥追い姿に身をやつし、三味線を爪弾きながら、粋な小唄を歌っていたお涼。

倉地文左衛門と出かけた隠密旅に、目付役として同行した色っぽい女。

謙吾の言う『影の影』があの女なら、仮祝言まで挙げた兵馬のことをよく知っているはずだし、倉地と大坂の蔵屋敷に行ったこともわかっているはずだった。

謙吾が兵馬の動勢に詳しかったのも頷ける。

「そのお方とは、弁天と名乗る女人ではないか」

兵馬の問いかけに、謙吾は答えることはできなかった。

謙吾はすでに死んでいた。

死の苦悶から解き放たれた謙吾は、歌舞伎役者のように端正な顔をしている。

惜しい男だ、と兵馬は改めて思った。

死ぬ瞬間に見た夢が、永遠に死者の脳裏に残り続けるとしたら、死んでゆく御坂謙吾と生き残った兵馬は、同じ女の面影を、思い描いているのかもしれなかった。

「いづまでこうしていでも、すかたなかっぺ」

五助に声をかけられるまで、兵馬は謙吾の遺体に首を垂れて黙禱していた。

「これからどうする。せっかく白河まで来たのだ、生まれ在所の鏡石に帰るか」

兵馬は五助の希望を聞いてみた。

「うんにゃ、もうあそこには帰らね」

五助はゆっくりとかぶりを振った。

「江戸の水になじんだ身は、江戸で花を咲かせるしかねえようだ」

藩の機密文書が猪に食われ、最後の切り札を失った五助は、城との不毛な駆け引きを、あっさりと諦めたようだった。

結局は振り出しに戻ってしまった、と兵馬は思った。

大坂蔵屋敷で抱いた一点の疑念が、奥州白河藩まで旅をさせたが、絞り込んできた輪が最後に破れた。

白河ではこれ以上のことを調べられまい。

影同心が死に絶え、影同心を統括していた御坂謙吾が死んだ。

白河藩は影の部分を切り捨てたのだ。

政事に携わる者は、潔癖であらねばならない、というのが松平越中守の信条だから、藩内に影の部分が残っていることは、老中首座の名にふさわしくない、という判断が働いていたに違いない。

　御坂謙吾の上席にあるのは、隠し目付のお涼らしい。

　下部組織の影同心を切り捨て、それを統括してきた御坂謙吾が死ねば、残された影の部分は、隠し目付しか居なくなる。

　これ以上兵馬が動けば、弁天お涼との対決は避けられない。

「江戸へ帰ろう」

　兵馬は五助に向かって、たがいに相哀れむように言った。

「おれたちは江戸でしか生きられないよう、暮らしの根本をどこかで変えられてしまったようだ」

　五助は奥州白河郡鏡石領から地遁げして六年、兵馬は信州弓月藩を出奔してから十八年、江戸に住み、江戸の水を飲んでいるうちに、それが体質にまでなってしまったらしい。

　ふだんは嫌っている江戸の雑踏が、妙に懐かしく思えてならなかった。

　夜の底が白くなった。

　もうすぐ夜明けが訪れるらしい。

「雪の夜は、白々としてから、明けるまでがのろい。まだ陽が昇るには早すぎる」

五助がいらぬ講釈を垂れはじめたが、兵馬は黙って聞き流した。

寒かった。

雪穴にも入らず夜を過ごすのは、兵馬にとって初めてのことだった。

「このままでは凍死するぞ」

兵馬はよろよろと立ち上がった。

足腰の動きが覚束《おぼつか》ないのは、シンシンと冷え込む寒さのせいばかりではなかった。

「大丈夫か。おめえの方が傷は深えようだ。おれの肩につかまるがいいぜ。、暗えうちに小峰山から下りなけりゃ、城からここは丸見えだ。つまらねえ面倒はできるだけ避けた方がいい」

そう言う五助の足元も、ふらふらとしてあやしいものだった。

「お蓮はこのような夜をすごしたのだ」

吹雪の中で凍死したお蓮の切なさが、いきなり兵馬の胸によみがえった。

雪女。

白魔。

「お蓮は雪とともにあらわれて吹雪の夜に逝《い》った。あれはまぼろしのような気がしてしかたがない」

「御坂謙吾というさむれえだって、吹雪の夜にあらわれて雪の夜に逝った。お蓮は女だから雪女だが、御坂謙吾には白魔の方がふさわしい。お蓮がまぼろしなら、御坂謙吾もまぼろしかもしれねえ。箱根の関には魔物が棲むと言われているが、白河の関には白魔が棲むのだ」

「やはり白河の関は夏に越えるべきであったな」

兵馬の呟きは五助には通じなかった。

卯の花をかざしに関の晴れ着かな

卯の花は夏に咲く花だが、真っ白な花瓣が雪のように見える。

兵馬と五助の晴れ着は血帷子《かたびら》、とても真っ昼間に出歩けるような姿ではない。

二人は互いの身体を支えあって、吹き溜まりに落ち込んだり、氷雪に滑ったりしながら、まるで弱法師のような頼りない足どりで小峰山を下った。

真っ白な雪にまみれた二人の姿は、雪のように見える卯の花をかざして、白河の関を越えた松尾芭蕉と河合曾良《かわいそら》の陰画だろう。

紅葉を俤《おもかげ》にして、青葉の梢《こずえ》なほあはれ也。卯の花の白妙《しろたえ》に、荊《いばら》の花の咲きそひて、雪にもこゆる心地ぞする。


と芭蕉は書いている。

してみると芭蕉翁は、雪の日に白河の関を越えたかったのかもしれない。

晴れ着に擬して卯の花をかざしたのも、雪に降られて白河の関を越える幻想を、楽しんでいたのかもしれなかった。

芭蕉と曾良の二人連れが、雪に擬した卯の花をかざして、白河の関を越えてから百年後に、兵馬と五助の二人連れが、本物の雪をかざしに、白河の関を越えた。

これを風狂と言わずして、何を風狂と呼べばよいのか。

「しっかり歩け。白河の関を越えれば那須野に出る」

「雪女になったお蓮が、おれたちを待っているかもしれねえな」

雪原は暁闇《ぎようあん》の光を反射して、歩くのには支障のない明るさになっていたが、ほんとうの夜明けが訪れるのは、まだまだ先のことに思われた。

時代小説

二見時代小説文庫

白魔伝《びゃくまでん》　御庭番宰領《おにわばんさいりょう》7

著者　大久保智弘《おおくぼともひろ》

発行所　株式会社　二見書房
東京都千代田区三崎町二－一八－一一
電話　〇三－三五一五－二三一一［営業］
　　　〇三－三五一五－二三一三［編集］
振替　〇〇一七〇－四－二六三九

印刷　株式会社　堀内印刷所
製本　ナショナル製本協同組合

落丁・乱丁本はお取り替えいたします。
定価は、カバーに表示してあります。

 ISBN978－4－576－12129－1
http://www.futami.co.jp/

水妖伝 御庭番宰領
大久保智弘［著］

信州弓月藩の元剣術指南役で無外流の達人鵜飼兵馬を狙う妖剣！ 連続する斬殺体と陰謀の真相は？ 時代小説大賞の本格派作家、渾身の書き下ろし

孤剣、闇を翔ける 御庭番宰領
大久保智弘［著］

時代小説大賞作家による好評「御庭番宰領」シリーズ、その波瀾万丈の先駆作品。無外流の達人鵜飼兵馬は公儀御庭番の宰領として信州への遠国御用に旅立つ！

吉原宵心中 御庭番宰領3
大久保智弘［著］

無外流の達人鵜飼兵馬は吉原田圃で十六歳の振袖新造・薄紅を助けた。異様な事件の発端となるとも知らずに……ますます快調の御庭番宰領第3弾

秘花伝 御庭番宰領4
大久保智弘［著］

身許不明の武士の惨殺体と微笑した美女の死体。二つの事件が無外流の達人鵜飼兵馬を危地に誘う…。時代小説大賞作家が圧倒的な迫力で権力の悪を描き切った傑作！

無の剣 御庭番宰領5
大久保智弘［著］

時代は田沼意次から松平定信へ。鵜飼兵馬は有形から無形の自在剣へと、新境地に達しつつあった……時代小説の新しい地平に挑み、豊かな収穫を示す一作

妖花伝 御庭番宰領6
大久保智弘［著］

剣客として生きるべきか？ 宰領（隠密）として生きるべきか？ 無外流の達人兵馬の苦悩は深く、そんな折、新たな密命が下り、京、大坂への暗雲旅が始まった。

火の砦 (上) 無名剣 (下) 胡蝶剣
大久保智弘［著］

鹿島新当流柏原道場で麒麟児と謳われた早野小太郎は、剣友の奥村七郎に野駆けに誘われ、帰途、謎の騎馬軍団に襲われた！ それが後の凶変の予兆となり…。

間借り隠居 八丁堀 裏十手1
牧 秀彦［著］

北町の虎と恐れられた同心が、還暦を機に十手を返上。その矢先に家督を譲った息子夫婦が夜逃げ。間借りしながら、老いても衰えぬ剣技と知恵で悪に挑む！

お助け人情剣 八丁堀 裏十手2
牧 秀彦［著］

元廻同心、嵐田左門と岡っ引きの鉄平、御様《ためし》御用山田家の夫婦剣客、算盤侍の同心・半井半平。五人の〝裏十手〟が結集して、法で裁けぬ悪を退治する！

剣客の情け 八丁堀 裏十手3
牧 秀彦［著］

嵐田左門、六十二歳。心形刀流、起倒流で、北町の虎の誇りを貫く。裏十手の報酬は左門の命代。一命を賭して戦うことで手に入る、誇りの代償。孫ほどの娘に惚れられ…

白頭《はくとう》の虎 八丁堀 裏十手4
牧 秀彦［著］

町奉行遠山景元の推挙で六十二歳にして現役に復帰した元廻方同心の嵐田左門。権威を笠に着る悪徳与力や仏と噂される豪商の悪行に鉄人流十手で立ち向かう！

北瞑の大地 八丁堀・地蔵橋留書1
浅黄 斑［著］

蔵に閉じ込めた犯人はいかにして姿を消したのか？ 岡っ引き喜平と同心鈴鹿、その子蘭三郎が密室の謎に迫る！ 捕物帳と本格推理の結合を目ざす記念碑的新シリーズ！

蔦《つた》屋でござる
井川香四郎［著］

老中松平定信の暗い時代、下々を苦しめる奴は許せぬと反骨の出版人「蔦重」こと蔦屋重三郎が、歌麿、京伝ら「狂歌連」の仲間とともに、頑固なまでの正義を貫く！

惑《まど》いの剣　居眠り同心 影御用9
早見俊［著］

元筆頭同心で今は居眠り番、蔵間源之助と岡っ引京次が場末の酒場で助けた男は、大奥出入りの高名な絵師だった。これが事件の発端となり…。シリーズ第9弾

明烏《あけがらす》の女　栄次郎江戸暦8
小杉健治［著］

栄次郎は深川の遊女から妹分の行方を調べてほしいと頼まれる。やがて次々失踪事件が浮上し、しかも自分の名で女達が誘き出されたことを知る。何者が仕組んだ罠なのか？

強請《ゆすり》の代償　はぐれ同心 闇裁き8
喜安幸夫［著］

悪徳牢屋同心による卑劣きわまる強請事件。被害者かと思われた商家の妾には哀しくもしたたかな女の計算が。悪いのは女、それとも男？　同心鬼頭龍之助の裁きは⁉

暴れ公卿　公家武者 松平信平4
佐々木裕一［著］

前の京都所司代・板倉周防守が黒い狩衣姿の刺客に斬られた。狩衣を着た凄腕の剣客ということで、疑惑の目が向けられた信平に老中から密命が下った！　大人気シリーズ

贋若殿の怪　夜逃げ若殿 捕物噺6
聖龍人［著］

江戸にてお忍び中の三万五千石の若殿・千太郎君の前に現れた、その名を騙る贋者。不敵な贋者の真の狙いとは⁉　許婚の由布姫は果たして…。大人気シリーズ最新刊